KB114145

초인의 게임 5

니콜로 장편소설

초판 1쇄 찍은 날 § 2019년 1월 24일
초판 1쇄 펴낸 날 § 2019년 1월 31일

지은이 § 니콜로
펴낸이 § 서경석

총괄팀장 § 최하나
편집책임 § 김경민

펴낸곳 § 도서출판 청어람
등록번호 § 제387-1999-000006호
등록일자 § 1999. 5. 31
어람번호 § 제1-2998호

주소 § 경기도 부천시 부일로 483번길 40 서경B/D 3F (우) 14640
전화 § 032-656-4452 팩스 § 032-656-4453
http://www.chungeoram.com
E-mail § chungeorambook@daum.net

ISBN 979-11-04-91928-2 04810
ISBN 979-11-04-91846-9 (세트)

니콜로 장편소설

초안의 게임

5

FUSION FANTASTIC STORY

초안의 게임

◈ Contents ◈

제1장. 동행II ••• 7

제2장. 황제 ••• 23

제3장. 영체화 ••• 63

제4장. 새 선수 ••• 93

제5장. 개리 ••• 143

제6장. 명문 ••• 179

제7장. 슈란 ••• 221

제8장. 밀당의 천재 ••• 247

제9장. 산당들의 던전 ••• 287

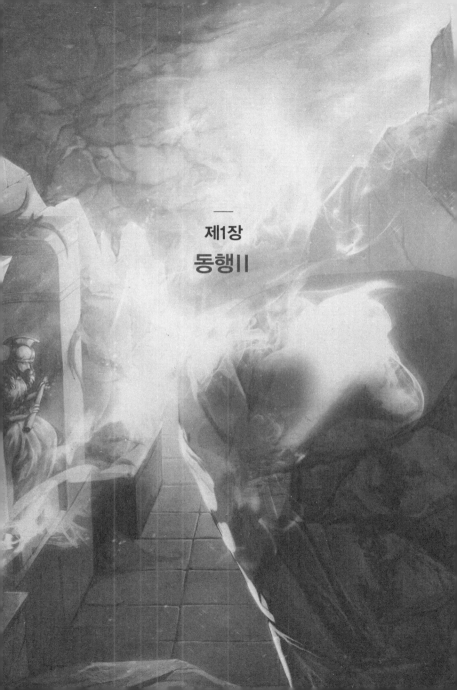

제1장

동행 II

"혹시 배틀필드를 만든 게 그 녀석이야?"

여왕은 고개를 끄덕였다.

"맞아요. 가장 큰 공헌을 했죠."

대사제에게도 배틀필드에 대한 설명을 간략하게 했다.

적당히 듣고도 대사제는 대충 배틀필드 시스템이 어떤 구조인지 이해한 듯했다.

―현실이든 가상 세계든 본인의 육신만 있다면 사령을 불러낼 수 있다. 감당 못 할 사령을 부르는 짓이지만, 가상 세계면 죽임당해도 다시 시도할 수 있으니 더 좋지.

그러나 대사제의 말은 긍정적이지만은 않았다.

―그러나 문제가 하나 있다.

"뭔데?"

―내가 가상 세계에 접속하면, 정신이 이탈한 현실의 육신은 타격을 입는다. 아마 한 번의 접속으로 현실의 난 소멸되겠지.

"뭐 그래?"

―언데드는 여러모로 취약한 법이지. 만인릉의 황제처럼 엄청난 수준으로 만든다면 모를까.

대사제가 말을 이었다.

―그렇다면 기회는 단 한 번이다. 가상 세계에서도 내가 죽으면 난 완전히 소멸된다. 이미 죽은 마당에 소멸이 두렵지는 않지만, 신중해야 할 것이다.

"당신 외에 사령을 다룰 수 있는 자는 상급 사제 말고는 없을 거예요. 다른 방법을 찾아보죠."

여왕이 만류했다.

서문엽도 같은 생각이었다.

대사제가 이번 일의 상당 부분에 실마리가 되고 있었다. 현존하는 지저인 중 가장 해박한 지식을 갖고 있고 말이다.

"아오, 딴 몸에 빙의 같은 건 할 수 없냐?"

서문엽이 답답해져서 아무 말이나 던졌다.

그런데.

―음?

대사제는 눈빛이 달라졌다.

여왕이 놀라워하며 물었다.

"가능한가요?"

─전쟁 중에 초인의 몸을 이용할 연구를 한 적은 있소. 살아 있는 인간의 몸에서 영혼만 뽑아내고, 사령을 빙의시켜 살아 있는 언데드를 만들고자 했었지.

"개새끼……."

같은 인간인 서문엽이 저도 모르게 욕설을 했다.

하여간 사악한 쪽으로는 온갖 궁리를 한 지저인이었다.

─보통 사령들은 자신의 본체가 아니면 거부하는 습성이 있기 때문에 실패했소. 그게 가능했으면 만인릉 황제를 되살리는 일도 간단했겠지.

"최대한 비슷해도 안 돼?"

─최대한 비슷할수록 성공률이 올라가겠지. 하지만 그때 실험은 동족의 사령을 인간의 몸에 빙의시키는 일이었기에 거부감이 심했지. 미개한 인간에게 빙의되는 건 심히 모욕적이니까.

"……."

─하지만 사령 자신이 거부감을 안 느낀다면, 한 번 시도해 볼 가치는 있지. 마침 재료도 있군.

모두의 시선이 쓰러져 있는 피에트로 아넬라에게로 쏠렸다.

여왕은 슬픈 얼굴이 됐다.

"참 많은 도움을 준 사람이었는데."

"거부감이 든다면 포기해도 좋습니다."

서문엽이 말했다.

여왕은 고개를 저었다.

"아뇨, 어차피 한 번 세뇌된 이상 돌이키긴 글렀어요."

―그럼 한번 해보도록 하겠소.

대사제가 손짓하자 피에트로 아넬라의 몸이 떠올랐다.

그의 차가운 검지가 피에트로 아넬라의 이마에 닿았다.

이윽고 검지를 떼자, 이마에서 무언가가 딸려 나왔다.

으아아아······!

환청 같은 비명이 들리는 듯했다. 육신에서 영혼을 뽑아낸
것이었다.

서문엽은 섬뜩해졌다.

'한두 번 해본 솜씨가 아니잖아?'

아마도 인체를 가지고 온갖 실험을 해봤으리라.

대사제는 텅 빈 피에트로 아넬라의 몸을 보고는 잠시 한숨
을 쉬었다.

―인간 따위의 몸이라니. 짐승에 빙의하는 것과 무엇이 다르던
가.

"너희들 인간한테 졌거든? 지은 죄를 만회할 수 있다는 데
에 감사해라, 필요악 같은 새꺄."

정작 필요악은 전쟁 시절 서문엽의 별명이기도 했다.

―어차피 영령에도 이를 수 없는 죄인의 신분이다. 오욕을 감수
한다.

"좋은 점도 있지 않을까요? 인간의 몸을 얻는 데 성공하면 지상을 마음대로 다닐 수 있으니까요."

여왕이 위로했다. 지금은 어떻게든 대사제가 거부감이 들지 않도록 해야 했기 때문.

파앗! 팟!

원 모양에 기하학적인 문양이 그려진 마법진 2개가 나타났다.

영령의 일격을 펼칠 때와 같은 마법진이었는데, 각각 대사제와 피에트로 아넬라의 앞에 나타났다.

이윽고.

파아아아앗!

대사제의 육신에게서 무언가가 빠져나가는가 싶더니, 마법진 2개를 통과하여 피에트로 아넬라에게로 스며들었다.

털썩!

힘없이 널브러지는 대사제의 육신.

"크윽!"

대신 피에트로 아넬라의 몸이 비명을 토했다.

"머리가 너무 아프다……."

피에트로 아넬라, 아니, 대사제가 신음을 했다.

"진짜 성공했냐!"

서문엽이 놀라 소리쳤다.

"치료 능력을 가진 자를 불러올게요!"

여왕은 급히 지저인을 불렀다.

아마도 텔레파시로 불렀는지, 이내 지저인 한 명이 나타나 대사제에게 치료를 펼쳤다.

간신히 몸을 가누게 된 대사제는 자신의 몸을 훑어보고는 고개를 절레절레 내저었다.

"너무 하찮은 몸뚱이다."

"시체보단 낫지 않냐?"

"…확실히 살아 있다는 느낌이 강하게 들긴 하군. 심장을 비롯한 모든 장기가 몸속에서 기능을 하고 있으니 말이다."

서문엽은 한번 대사제를 분석안으로 바라보았다.

—대상: 피에트로 아넬라(인간)

—근력 53/53

—민첩성 61/61

—속도 58/58

—지구력 42/42

—정신력 100/100

—기술 42/42

—오러 100/100

—리더십 100/100

—전술 97/97

—초능력: 공간 이동, 명상, 초혼, 영령의 일격

─공간 이동: 시공의 터널을 통해 공간을 이동한다.

─명상: 영령계로 접속해 선조의 영령과 감응한다.

─초혼: 죽은 이의 영혼을 불러낸다.

─영령의 일격: 영령을 불러내 자신의 오러를 입혀 공격 수단으로 삼는다.

'헐.'

서문엽은 감탄했다.

피지컬 부문은 피에트로 아넬라와 동일했다.

하지만 정신력, 오러, 리더십, 전술이 대폭 향상됐다.

21/92이었던 정신력은 100.

오러도 본래 92로 높은 편이었는데, 대사제가 몸을 차지하니 100으로 치솟았다.

물론 대사제의 본래 살아생전 오러에 비하면 턱없이 낮았지만, 이는 인간의 한계인 듯했다.

리더십과 전술도 지저 문명의 통솔자다운 수준으로 상향됐다.

무엇보다도 초능력이 4가지나 생겼다는 점이 대단했다.

본래 대사제가 갖고 있던 능력들이 그대로 옮겨진 것.

"으음, 불편하군. 보유할 수 있는 오러양이 제한되어 있어. 역시 개조되지 않은 신체라 그런가. 너희는 이런 나약한 몸으로 어떻게 전쟁에서 우릴 이긴 것인가."

"내가 얼마나 위대한지 실감이 오냐?"

서문엽이 우쭐거렸다.

틈만 나면 거만 떠는 것은 서문엽도 마찬가지였다.

"인간 따위라는 수치만 참는다면 나름 메리트도 있다. 이제 빛 아래에서도 자유롭게 다닐 수 있으니까."

대사제는 손가락을 까닥거렸다.

그러자 대사제의 본래 육신이 둥실 떠올랐다.

자신의 본래 몸을 보며 잠시 감상에 잠겼던 대사제는 손가락을 다시 한번 까닥였다.

파시시싯!

대사제의 본래 육체가 삽시간에 재가 되어 흘러내렸다.

'아직도 저런 게 가능하구나.'

서문엽은 내심 감탄했다.

전지전능으로 보일 정도로 섬세하고 고차원적인 오러 운용을 인간의 몸으로도 여전히 펼치는 대사제였다.

자신의 본래 육신을 없애 버린 대사제가 말했다.

"이제 대사제는 없다. 이미 오래전에 박탈되었어야 했던 신분이었다."

"그럼 죄인이라고 불러주랴?"

"그냥 피에트로 아넬라가 낫겠군. 이 몸이 기억하는 이름이니 그 편이 익숙하겠군."

"좋은 생각이에요. 따로 인간의 신분을 만들 필요도 없으니 편리할 거예요."

여왕도 찬성했다.

대사제, 아니, 피에트로는 그런 여왕을 보며 말했다.

"뇌에 각인된 기억을 훑어보니, 이자는 여왕을 가까이서 도우면서 지저인에 대한 호기심을 키워왔소. 신성한 언어를 익힌 계기도 그것이었겠지."

"미리 알아차리지 못한 제 불찰이에요."

"한 번 배우기 시작하면 절대로 멈출 수 없소. 우리의 고등언어를 한 번 맛보면 지적 욕구에 의한 충동을 자제하지 못하지. 많은 실험을 통해 나온 결과요."

여왕은 쓸쓸한 표정이 되었다.

"일단 오늘은 인간의 몸에 적응할 시간이 필요하니, 만인룡 황제를 되살리는 건 내일 하는 게 좋겠소."

                    *   *   *

그렇게 하루가 지났다.

여왕의 처소에 배틀필드 장비가 준비되었다.

접속 모듈은 혹시 모르니 4대까지 설치했고, 서문엽을 위한 갑옷과 무기들도 갖춰졌다.

피에트로는 갑옷이나 무기는 의미 없다며 거절했다.

일은 간단했다.

서문엽과 피에트로가 던전 만인릉에 접속한다.

만인릉이 똑같이 구현된 그곳은 황제의 육체 또한 실제와 동일하게 구현되어 있다.

본래 가상 세계에 최종 보스 몹으로 구현되어 있는 황제는 영혼이 없는 몸뚱이뿐이라 다소 전투력이 약하다.

거기서 피에트로가 황제의 영혼을 불러내 몸뚱이에 빙의시킨다.

진짜 황제의 영혼이 깃들면, 그때부터가 시작이었다.

"아마 내가 봤던 그 전투력을 고스란히 펼치겠지? 그럼 존나 센데."

"영혼에 타격을 입힌다면 큰 효과를 볼 것이다. 아무리 대단한 기술로 만들어진 언데드라도 특유의 약점이 아예 사라진 것은 아니지."

전직 대사제, 피에트로가 펼치는 영령의 일격은 영혼에 직접 타격을 가할 수 있는 초능력이었다.

거기에 서문엽도 이번에는 아바타에 걸려 있던 제한이 임시로 풀린다.

불사를 증폭시켜 영체가 될 수 있는 것이다.

영체로서 공격하면 영혼에 타격을 입힐 수 있다.

만인릉 황제를 단둘이서 상대하는 무모한 미션이지만, 나름대로 믿을 수 있는 한 방씩은 가지고 있으니 해볼 만했다.

"문제는 싸움에서 이기는 게 아니라, 만인릉 황제에게 궁금한 걸 물어보는 거야. 싸움 없이 해결될 수 있다면 그게 가장 좋지."

서문엽의 말에 피에트로는 고개를 끄덕였다.

"그렇지만 순순히 답해줄 성격의 소유자도 아닐 것이다. 1만 명을 순장시켰다는 것은 아무리 고대 시절이라도 정상적인 경우가 아니니까. 영령이 되길 거부하고 삶과 권력에 집착한 이유는 지독한 악의와 오만함이다."

"살다 보니 너한테 그런 소릴 듣게 되는 작자도 있구나."

"그런 자는 남에게 강요되는 것을 거부한다. 이긴다 해도 협박으로 답을 받아낼 수 있는 것은 아니고, 애걸해도 소용없지. 싸움의 목적은 최소한 우리가 타협할 수 있는 동등한 위치에 있다는 것을 각인시켜 주는 것이다."

세상에는 참 성격 나쁜 놈들이 많은 것 같았다.

그렇게 생각하며 서문엽은 접속 모듈에 들어갔다.

이윽고 두 사람의 아바타가 만인릉에 접속됐다.

스켈레톤 괴물들은 등장하지 않도록 조정된 던전이었기 때문에 거리는 텅 비어 있었다.

"직접 와보기는 처음이군."

피에트로는 거리를 둘러보며 중얼거렸다.

"너희도 원정대를 보냈었다며?"

"만인릉에 보존된 고대 역사를 연구하고 싶었으니까. 조작

생명체를 수없이 많이 거느린 원정대를 보냈지만 패퇴했다."

"우린 이겼는데."

"너희는 마침 원정대 덕에 만인릉의 전력이 약해진 틈을 탔던 것이지."

"전쟁 이전에는 왜 만인릉을 건들지 않은 거야?"

"사회적 금기 같은 거였다. 역사가 잊힌 데는 이유가 있으니 캐지 말라는."

피에트로가 코웃음을 치며 말을 이었다.

"우스운 소리다. 동족에게 자랑스럽지 못한 치부라 해도 역사를 알아야 반복하지 않을 게 아니던가."

의외로 옳은 말도 한다며 서문엽은 속으로 중얼거렸다.

궁전에 다다랐을 때, 피에트로는 궁전 외벽에 새겨진 벽화에 관심을 드러냈다.

전쟁을 표현한 벽화 같았는데, 제대로 된 그림도 아니고 상형문자 같아서 서문엽은 도저히 알아볼 수 없었다.

"뭐라고 되어 있는지 알아?"

"황제가 민란을 진압한 업적을 자랑하고 있군."

"민란 일어난 게 자랑이냐?"

궁전 외벽에 잔뜩 새겨진 벽화를 모두 가리키며 피에트로가 이어 말했다.

"수십여 차례의 민란을 전부 진압했다. 황제의 권위에 도전 말라고 백성들에게 엄포하는 것이다."

폭정에 고통받다 못해 민란을 일으킨 백성들.

그러나 모조리 진압하고 영원토록 권력을 누린 무소불위의 폭군.

흡사 악마와 같은 행각을 일삼은 그 미친 황제를 만나러, 두 사람은 궁전 안으로 들어갔다.

궁전 내부에 장식된 벽화도 마찬가지였다.

"측근 중신들까지 반란을 일으켰었군. 그러나 모두 황제에게 패배하고 순장의 제물이 되었다고 적혀 있다."

"그럼 여기에 있던 언데드들이 모두 다?"

"그렇다. 근위대마저 반란에 참가했었군."

"뭐 하는 새끼야? 황제란 자식."

"뭐긴 뭔가. 강대한 힘과 권력을 가진 미치광이지."

그리 말하면서 피에트로는 회한을 느꼈다.

남 일 같지가 않았던 탓이었다.

두 사람은 마침내 황제의 침소에 이르렀다.

제2장

황제

불쾌한 벽화가 그려진 나선형 계단을 올라 궁전의 꼭대기에 이르렀다.

목적지에 가까워질수록 서문엽은 옛 추억이 떠오르며 긴장감을 느꼈다.

마침내 황제의 처소 앞에 이르렀다.

"준비됐나?"

"어."

서문엽은 방패와 창을 들어 올리고 전투태세를 취했다.

피에트로가 설명했다.

"사령을 불러내는 일은 영령과 접촉하는 것과 비슷하다. 영령계에 접속하여 영령을 찾듯이, 떠도는 사령을 찾아내는 작업이 선행되어야 한다."

"못 찾을 수도 있는 거야?"

"장담할 수는 없지. 영령이 소멸하듯 사령도 육신이 없으면 존재감을 서서히 잃고 소멸하니까. 하지만 그 정도로 삶에 집착한 자의 영혼이 소멸되었을 것 같지는 않군."

"좋아. 아무튼 황제는 내가 상대하고 있을 테니, 넌 황제의 영혼을 찾아서 불러내."

두 사람은 문을 열고 안으로 진입했다.

그곳은 황제가 머무는 처소였다.

사방이 유리벽으로 둘러져 있어 만인릉의 전망이 한눈에 내려다보였다.

황제는 소파에 앉아 있었다.

창백한 피부와 큰 눈동자를 가진 전형적인 지저인.

체격도 특별히 크지 않았다.

황금빛의 요란한 갑옷으로 무장했고, 붉은 망토 또한 금빛으로 무늬가 수놓아져 있었다.

황제는 자리에서 일어났다.

테이블에 걸쳐진 두 자루의 대검을 집어 든다.

딱히 어떤 말은 없었다.

그냥 적이 나타나자 무기를 들고 싸울 준비를 하는 황제.

영혼은 없이 그냥 육신만 복제된 황제는 전형적인 던전의 최종 보스 몹일 뿐이었다.

"어디, 실력은 얼마나 구현되어 있는지 한번 볼까?"

서문엽은 거침없이 덤벼들었다.

창으로 빠른 찌르기!

깡!

왼손의 대검으로 창을 쳐냈다.

연이은 찌르기가 계속해서 펼쳐졌다. 황제는 두 자루의 대검으로 여유 있게 쳐냈다.

그리고 순간적으로.

파앗!

황제가 두 자루의 대검과 함께 360도 턴을 시도했다.

삽시간에 거리를 좁혀 서문엽을 대검의 사정거리 안에 넣었다.

왼손의 대검이 먼저 서문엽에게 도달했다.

콰앙!

백색 오러가 실린 대검이 방패를 강타했다.

쩌렁쩌렁한 굉음.

안정적인 방어 자세를 취했음에도 서문엽의 신형이 힘에 밀려 흔들렸다.

시간차를 두고 오른손의 대검이 연이어 날아들었다.

하지만 그 짧은 찰나에 서문엽도 흔들리던 신형을 다시 회복했다.

콰아아앙!

연속으로 강타.

서문엽의 신형은 다시 흔들렸다.

'여기까지는 완벽한 실력이군.'

2격은 각도가 살짝 달라져서 대비하던 서문엽도 다시 균형이 흔들릴 뻔했다.

1격으로 흔들고 2격으로 무너뜨리는 황제의 스타일이 확실했다.

딜레이 없이 황제는 연이어 어깨를 들이밀며 몸싸움을 걸어왔다.

완전히 서문엽의 균형을 무너뜨릴 속셈이었다.

그때.

털썩!

서문엽은 몸통 박치기를 피해 오른쪽 무릎을 꿇고 앉았다.

그러고는 왼발을 뻗어 뒤꿈치로 절묘하게 오금을 찼다.

무릎이 꺾이며 휘청거리는 황제.

그 틈에 몸을 일으키며 거리를 벌렸다.

거리가 생기자 창을 던지기 그립으로 고쳐 잡고.

팟!

던졌다!

최대한 느리게.

던지는 순간 손끝으로 긁어 회전력을 일으켰다.

가장 느린 속도로 날아간 창은 황제가 휘두른 대검을 피해 궤도가 휘어졌다.

가까운 거리였지만 속도가 무척 느렸기 때문에 회전력으로 인해 휘어지기 충분했던 것이다.

뚝 떨어지며 하단을 노린 창은.

따앙!

다른 대검에 의해 막혀 버렸다.

변화가 극심한 투창이었지만, 황제는 궤도를 읽고 대응한 것이다.

'육신만 복제한 것치고는 참 쓸데없이 잘 만들었네.'

서문엽은 혀를 찼다.

정확한 테크닉에 순발력까지 최상급.

다른 창을 꺼내 든 서문엽은 계속해서 황제와 공격을 주고받았다.

두 사람이 고차원적인 테크닉이 실린 공방을 주고받는 동안, 피에트로는 허공에 마법진을 띄운 채 작업에 들어가 있었다.

깊은 명상에 잠긴 피에트로의 정신은 실제 만인릉이 있었던 시공의 옛 터를 헤매고 있었다.

수많은 사령이 떠돌고 있었다.

황제와 함께 순장되어 영혼까지 붙들린 채 고통받았던 백성들, 신하들의 사령.

만인릉을 공격했다가 패퇴한 원정대의 사령.

공략에 참가했다가 죽은 인간들까지.

하나같이 고통과 원한을 호소하는 사령들의 지옥도였다.

형체를 알 수 없으므로 피에트로는 그러한 사령들의 원한과 울부짖음에 일일이 귀를 기울여야 했다.

정신력의 소모가 상당히 큰일이었지만, 피에트로는 참아냈다.

본인도 그러한 사령 중의 하나였기 때문에 익숙했는지도 모른다.

'원한 말고, 고통 말고, 다른 말을 하는 자를 찾아보자.'

고통을 호소하는 것도, 원독에 찬 증오의 말을 영원히 내뱉는 것도, 나약함의 증거였다.

황제는 나약하지 않았다.

조금의 약점도 없는 사악함 그 자체였다.

고통을 참지 못해 들고 일어난 백성들을 몸소 짓밟으며, 신하들의 반역에도 아랑곳 않고 권좌를 수성한 최악의 폭군.

악마의 심성을 가진 황제는 근본부터가 다른 사령들과 달랐다.

찾아야 한다.

남다른 사령을.

설마 그마저 만인릉이 파괴되어 소멸된 바람에 분노에 차 원독 어린 비명을 지르고 있다면, 이 많은 사령 중에 황제를 찾는 일은 너무나도 힘든 작업이 될 터였다.

'나도 견디기 힘들었지.'

피에트로, 즉 대사제도 그랬다.

헛된 영광을 꿈꿨지만 끝내 문명을 몰락의 구렁텅이에 몰아넣은 죄.

추한 자기 자신의 실체에 직면한 수치심.

영령에 이르지 못한 채, 고통의 시간을 보냈었다.

당대 지저인 중 최고의 천재였던 대사제조차도 그러했다.

하지만 만인릉의 황제는 그런 자신과 다를 거라고 믿었다.

'보통의 악마가 아니다. 죄악도 이 정도 수준이면 욕망을 넘어선 신념이다.'

삐뚤어진 신념을 실현시키는 데 성공한다면, 아마 만인릉 같은 모습이 되리라.

피에트로는 자신의 과오와 비슷한, 잘못된 신념을 관철시키는 데 성공한 황제를 찾아 헤맸다.

그때였다.

[나의 의무.]

무언가 다른 사령을 찾아냈다.

피에트로는 그 사령의 말에 귀를 기울였다.

[내가 아니면 안 된다. 나만이 가능하다.]

타고난 오만함이 기초가 되어야 하는 말이었다.

[나의 통치만이 세상의 평화와 안전을 가져올 수 있거늘.]

'찾았다!'

피에트로는 희열을 느꼈다.

[오직 나만이 나의 백성을 수호할 수 있다. 나만이 통치할 수 있고 군림할 수 있다.]

피에트로는 혀를 내둘렀다.

사령이 되어 헤매는 와중에도 저런 소리를 할 수 있다니, 어떤 의미에서는 실로 위대한 인물이었다.

[누구냐, 넌.]

황제도 피에트로의 정신이 접근한 것을 알아차렸다.

일반적인 사령에게서 나올 수 없는 반응이기도 했다.

'역시 황제가 확실하군.'

아예 영혼부터가 남달랐다.

올바른 신념이 있었다면 능히 세상을 구할 영웅이 될 수도 있었을 영혼이었다.

[넌 누구냐.]

'이리로 오시오.'

[건방지구나. 넌 누군데 짐을 부르느냐.]

'여기에 당신의 육신이 있잖소.'

피에트로는 마법진으로 황제의 사령을 인도하기 시작했다.

영령의 일격과 동일한 방식이었다. 다만 오러를 입히지 않고 텅 빈 육체 속으로 안내할 뿐.

[짐의 옥체!]

황제가 강력히 반응했다.

'맞소, 이곳에 있소.'

피에트로의 이끌림에 의하여 황제가 마법진으로 인도되었다.

마법진을 통과했다.

황제는 자연스럽게 몸에 스며들었다.

순간, 명상에서 깨어난 피에트로가 소리쳤다.

"떨어져라!"

서문엽은 재빨리 황제의 공격을 떨쳐내고 물러났다.

황제의 몸이 휘청거렸다.

―크윽…….

오러의 파동으로 내는 목소리가 황제로부터 나왔다.

"성공한 거야?!"

"보다시피."

"엉뚱한 사령을 데려온 건 아니지?"

"명백히 만인릉 황제였다."

황제는 몸을 가누지 못해 비틀거렸다.

하지만 슬슬 육신에 적응했는지 움직임이 멎었다.

황제는 자신의 손을 바라보았다.

익숙한 두 자루의 대검을 쥐고 있는 자신의 손이 보였다.

무기를 쥔 익숙한 촉감도.

익숙한 공기를 가진 자신의 영원한 도시도.

―돌아왔다. 짐이!

황제는 희열에 차 중얼거렸다.

기쁨의 감탄이었다.

그러나 자신의 처소에 침범한 두 이방인이 거슬렸다.

인간?

지상의 혜택을 받는 미개한 유인원들이었다.

심지어 둘 다 유난히 거슬렸다.

평소에 볼일이 없었던 하찮것없는 인간임에도, 둘 다 왠지 낯설지 않았다.

황제는 피에트로를 보았다.

―네놈은 이상한 존재감을 갖고 있군. 인간이냐, 동족이냐.

"무엇도 아니외다."

피에트로가 대답했다.

인간도 지저인도 아닌 혼종이라는, 자조(自嘲)였다.

―음, 이 목소리. 그래, 네가 나를 되살렸구나.

"맞소."

―이건 동족의 사제 나부랭이들이나 할 수 있는 건데. 넌 정체가 뭐냐?

"한때는 태초의 빛의 말씀을 듣는 자였소."

―호오?

황제의 표정에 흥미가 어렸다.

―그래, 너구나. 무엄한 원정대를 보낸 후세의 통치자가.

"맞소."

─흐흐흐, 지금은 인간의 몸에 들어간 꼴이라니. 참으로 기구하구나.

"말하자면 긴 얘기요. 그러니 내 얘긴 됐소."

─아아, 말하지 않아도 안다.

황제는 비웃었다.

─자멸했겠지. 너희는 스스로 몰락했을 것이다.

"그걸 어떻게 아시오?"

피에트로가 눈에 이채를 띠며 물었다.

황제는 흐흐 웃었다.

─같은 역사를 반복하는데 모를 턱이 있던가.

같은 역사.

황제의 입에서 듣고 싶었던 지저인의 고대 역사가 언급되자, 서문엽은 숨을 죽였다.

황제의 눈에 띄지 않기 위해 최대한 잠자코 있었다.

'계속 말해라. 내 얼굴을 알아보지 마.'

만인룡이 무너질 때, 황제에게 치명타를 가해 소멸시켰던 서문엽이었다.

황제가 그런 서문엽을 알아본다면 중요한 이야기가 안 나올 수 있었다.

─유전 형질을 조작한 괴생물체를 잔뜩 동원하여 이곳을 공격했었지?

"맞소."

―어리석은 선조들이 그따위 짓을 했다가 살던 터전을 버리고 도망쳐야 했다.

피에트로의 두 눈이 커졌다.

그것은 전설로나 알려진 버려진 세계 이야기였다.

기록도 말소되었고 언어도 실전된 탓에 구전조차 이루어지지 않고 말소된 까마득한 고대의 역사.

지상의 인간은 아직 문명조차 이루지 못한 시절의 이야기였다.

―악의적인 목적만 갖고 만든 괴물은 그걸 만든 사회의 사악함을 상징하는 것이다. 그런 사회가 악의를 주체하여 극단으로 치닫지 않고 멀쩡히 돌아갈 수 있다 생각하는 것이냐?

"그 말이 맞소."

피에트로는 자신의 과오를 신랄히 지적받고는 이를 악물었다.

―바로 내 이전의 시대에도 있었던 일이 아니냐.

"옛날, 버려진 세계에서도 그런 일을 반복했단 말씀이시오?"

―모르느냐?

"모르오."

―또 잊었구나, 너희는.

황제는 돌연 분노를 터뜨렸다.

―짐이 명하여 다시 되살려 놓은 역사를 너희는 또 말소시키고

잊었구나! 그렇게 덮어버리면 죄악이 사라진단 말이더냐!

황제의 분노는 피에트로에게 똑바로 꽂혔다.

―더러운 사제 놈들. 태초의 빛을 대변한다고 내세우므로, 언제나 옳아야 하며 잘못은 인정하지 않고 숨겨야 하지! 두 번 다시는 정치에 손대지 못하도록 박멸시켰더니, 또 살아나서 나라를 망쳤구나!

피에트로는 눈을 질끈 감았다.

결국 역사를 누락시켜 버린 것은 역시나 자신 같은 사제들인 모양이었다.

'짐작은 했었다.'

―자신들이 만든 괴물들을 감당하지 못하여 결국 터전을 버리고 도망쳐야 했다. 그게 버려진 세계의 실체다. 너희가 찾는 조상님들이 한 짓거리가 그거다!

이야기를 듣고서 서문엽은 최후의 던전이 무너지던 순간을 떠올렸다.

지저인의 통제에서 풀려난 괴물들이 미쳐 날뛰었다.

버려진 세계도 그렇게 망한 모양이었다.

그런데 그때였다.

―네놈은 낯이 익군.

황제의 시선이 어느새 서문엽에게로 옮겨가 있었다.

"사람 잘못 봤는데."

서문엽은 일단 부인했다.

　　　　　＊　　　　　＊　　　　　＊

　─아니, 처음부터 네놈은 낯이 익었다.

　"거참, 잘못 봤다니까 그러네!"

　서문엽은 끝까지 잡아뗐지만, 피에트로가 보기에도 구차했
다.

　황제는 눈을 가늘게 뜨며 두 사람을 보았다.

　─네놈만은 기억한다. 부질없이 죽으러 달려드는 인간들 틈바
구니에서 네놈은 위협적이었으니까.

　"……."

　─희한하군. 그러고 보니 의문점이 한두 가지가 아니야. 하나는
날 죽인 인간이고, 또 하나는 인간의 몸에 빙의한 사제 나부랭이.
굳이 나를 살려낸 이유가 무엇일까?

　"묻고 싶은 게 있었소."

　피에트로가 답했다.

　황제의 눈에 이채가 서렸다.

　─그랬군. 그래서 나를 살려냈군. 궁금한 것은 너희가 잃어버린
오래전의 역사에 대한 일이더냐?

　"비슷하오."

　정확히는 고대의 역사에 대한 게 아니라, 첫 번째 상급 사
제를 조종하는 것으로 추정되는 정체불명의 고대의 영령이

었다.

　―너희가 스스로 말소시켜 놓고는 다시 나에게 묻느냐.

　"역사를 말소시킨 이유는 아마 당신 때문일 거요. 이곳에
와서 비로소 알게 되었소."

　―뭐? 그게 무슨 소리지?

　황제는 의문을 표했다.

　피에트로가 설명했다.

　"이곳에 오면서 벽화를 보았소. 수십여 차례의 민란을 친히
진압하고 포로를 이 무덤의 주민으로 삼은 일들이 자랑스럽
게 새겨져 있었소."

　―누구도 절대 짐의 절대적인 권위에 도전하여서는 안 된다는
것을 똑똑히 알려주기 위함이지.

　황제는 그런 자신의 행각을 자랑스러워했다.

　듣고 있던 서문엽은 그런 황제에게 구역질이 치밀었다.

　죽어서까지 이런 도시를 만들어 통치할 정도의 권력욕이라
니.

　거기에 반란을 일으켰다가 붙잡힌 이들을 이곳 만인릉에
순장시켜 죽어서까지 지배를 받게 만들었다.

　자신에게 패한 이들을 모조리 데려와 죽은 뒤에도 영원히
지배받는 굴욕과 고통을 준 황제의 악의. 권력자를 싫어하는
서문엽은 욕지거리가 치밀었다.

　피에트로의 설명이 이어졌다.

"당신이 1만여 명을 무덤에 끌고 들어간 탓에 사회는 엄청난 공백이 생겼을 거요. 누구도 당신의 빈자리를 매우지 못했을 테니 큰 혼란이 찾아왔겠지."

─애석하게도 네 말이 옳다. 짐을 대신할 수 있는 자는 없었다. 다 쭉정이들이었지.

그리 한탄하면서도 애석하기는커녕 도리어 자랑스러워하는 기색이 엿보였다.

하지만 피에트로가 하고자 하는 말의 의미는 따로 있었다.

"누가 분노와 혐오로 물든 당신의 권좌에 앉을 수 있었겠소? 누가 당신 때문에 뿌리 깊게 박힌 백성의 불신을 감당할 수 있었겠소? 또 누가 당신처럼 백성의 불만을 강제로 진압할 폭력이 있었겠소?"

─…….

"그런 자질을 타고난 이가 있었어도 아마 성장하기 전에 당신이 살해했을 거요."

황제가 흠칫했다.

피에트로는 그런 황제의 반응을 놓치지 않았다.

"권력과 자기 신성화에 미친 자의 사고방식이란 뻔한 것이오. 나를 대신할 자가 없다고 한탄하고, 누구도 나를 대신하지 못하게 제거하지. 나처럼 위대한 통치자는 없었다고 길이 여겨지도록 말이오."

황제의 표정에 슬슬 불쾌감이 어렸다.

"난 알 수 있소. 나도 비슷했으니까."

─감히 너 따위 실패자와 짐을 비교하느냐?

"물론이오. 그런데 자질 있는 후계자를 죽인 것은 사실인가 보군. 거기에 대해서는 부정 못 하는 걸 보니."

─······.

피에트로는 차갑게 미소 지었다.

"계속 맞혀보리까? 당신에게 죽은 그 후계자들도 이 무덤에 있지 않소? 넌 감히 날 대신할 수 없다. 넌 영원히 내 지배에 복종하는 하찮은 존재일 뿐이다. 그렇게 말하고 싶었을 테니까. 당신 같은 악의를 지닌 이의 생각은 뻔하지. 내 말이 틀렸소?"

황제는 말이 없었다.

다만 깊은 분노로 몸을 떨고 있었다.

피에트로에게 속내를 훤히 간파당한 것에 굴욕을 느꼈으리라.

"당신 탓에 혼란을 수습할 정치적 역량을 가진 이는 없었고, 대신 종교 쪽에서 지도자가 나타났을 거요. 바로 태초의 빛의 선택을 받은 대사제 말이오. 당신이 아무리 사제를 죽여 씨를 말리려 들어도, 결국 태초의 빛께서 누군가를 선택해 말씀을 전하시니까."

설명이 이어졌다.

"참 고생 많았을 거요. 당신이 만들어낸 지옥도를 수습하려면 일단 뿌리 깊은 증오가 있는 백성들부터 달래야 했으니까."

그제야 황제는 피에트로가 무슨 말을 하려는지 깨달았다.

─그 방법이 고작 역사를 말소하는 일인 건가.

"정확히는 당신의 존재 자체를 모두의 기억 속에서 지워 버리는 일이지. 당신이라는 트라우마부터 없애야 혼란을 수습할 수 있었을 테니까."

─짐을…….

"당신이 행한 모든 일도 지워졌을 거요. 그 탓에 우리는 당신이 누군지조차 몰랐소. 그저 만인릉을 보고는 죽어서까지 권력에 미친 작자구나 싶었을 뿐."

─이이!!

쿠아아아!!

황제에게서 오러가 폭사되어 나오기 시작했다.

그의 사악한 심성에 어울리지 않는 백색의 환한 오러였다.

─네놈들 따위의 평가는 필요치 않노라! 너희 같은 우민들은 한결같거든! 은덕은 잊어버리고 원망할 것만 기억하는 간사한 마음 말이다.

서문엽도 오러를 일으키고 맞설 준비를 했다.

─아느냐? 너희 사제들이 그리도 좋아하는 조상들이 싸질러 놓은 오물을 치운 게 나라는 것을 말이다!

그 말과 함께 황제가 서문엽에게 달려들었다.

준비 동작 없이 곧장 불쑥 휘둘러지는 대검!

터어엉!

서문엽은 방패로 안정적으로 막아냈다.

그럼에도 묵직한 오러의 충돌이 온몸에 퍼져 나가는 압박감을 느꼈다.

연이은 2격!

콰아앙!

"흡!"

서문엽은 기합과 함께 방패 컨트롤에 심혈을 기울였다.

'역시 껍데기와 오리지널은 다르다.'

방금 2격은 미세하게 시간차를 두어 타이밍을 뺏으려 했고, 충돌 순간 미세하게 방향을 바꿔서 서문엽을 흔들었다.

서문엽은 그 즉시 방패의 무게 중심을 조절해 버텨낼 수 있었다.

단순한 한 차례의 공방에 고급 테크닉이 섞여 있었다. 서로의 실력을 느끼기에 충분했다.

'나단과 싸워본 게 도움이 됐다.'

쌍도를 불규칙하게 휘두르던 나단 베르나흐와 싸워본 덕에 대처하기가 익숙했다.

─호오? 역시나 까다롭구나. 솜씨가 있어.

황제는 서문엽의 실력에 흥미가 생겼는지 피에트로의 도발로 인한 분노가 다소 수그러든 모습이었다.

그때 피에트로가 다시 끼어들었다.

"절대 권력은 백성의 지지 없이 나오지 않소. 분명 당신은 초창기에 모두를 매료시킨 위대한 업적을 세웠을 것이오. 아마도 이후에도 당신의 권좌를 지켜준 강력한 군대와 연관된."

황제는 새삼스럽게 피에트로를 바라보았다.

─역시 지도자를 했던 자인가. 동족을 통째로 말아먹은 놈치고는 훌륭한 통찰력이다.

"들려주시오. 누구와 싸웠소? 조상이 저질러 놓은 문제란 무엇이오? 혹시 버려진 세계와 관련 있소?"

피에트로는 계속해서 날카롭게 파고들었다.

황제는 미소를 지었다.

─글쎄, 내가 왜 그것을 알려줘야 할까?

당연하지만 협조할 생각이 조금도 없어 보였다.

─그나저나 이상하군. 너희는 이미 망했다면서 왜 그것을 궁금해하느냐? 그것도 인간의 몸으로, 인간과 함께 와서는 말이다. 버려진 세계처럼 너희도 괴물을 만들어대다가…….

거기까지 말하다가 황제는 돌연 피에트로를 응시했다.

무언가가 생각난 모양이었다.

─그렇군! 너희는 자멸한 게 아니라 인간에게 패배했구나.

황제도 통찰력이 대단했다.

"자멸이나 마찬가지였소."

─그래, 많은 것이 이상했어. 짐승이나 다름없던 인간들이 오러를 사용하며 짐의 안식처를 침공했고. 어째서 인간이 우리의 근간

이자 우리만이 사용 가능했던 오러를 쓸 줄 아는지 궁금했는데, 이제야 알겠군. 지상을 탐내서 침공했구나. 그러다가 인간에게도 오러가 전해진 것이고.

"맞소."

─푸하하, 가장 한심한 몰락이로다. 버려진 세계의 선조들 못지 않게, 너희가 내 후예라는 게 부끄럽다.

"나 스스로도 부끄럽게 생각한다오. 하나 지금 용건은 그게 아니오."

─아아, 그렇지. 짐의 빛나는 업적을 궁금해했지. 그런데 그 와중에 그게 왜 궁금한 것이냐? 혹여…….

황제는 씨익 웃으며, 그러나 날카로운 눈빛으로 물었다.

─너희도 예언이라도 들었느냐?

피에트로는 냉정한 표정을 유지했다.

서문엽도 마찬가지였다.

예언이라는 말에 격동하는 감정을 들키지 않으려고 애썼다.

하지만 수없이 많은 도전 속에서 권좌를 끝까지 지킨 괴물 황제를 속이지는 못했다.

─맞군.

음산한 웃음이 울려 퍼졌다.

역시 황제는 만만한 상대가 아니었다.

하지만 성과가 없지 않았다.

오히려 엄청난 성과였다.

'황제는 뭔가 알고 있다. 그도 우리가 알아내고자 하는 문제의 환란을 당해봤고, 그걸 이겨낸 적이 있었던 거야.'

그리고 그 환란은 만인릉 황제보다도 오래된 지저인의 선조가 싸질러 놓은 오물이라는 것까지.

—나는 별로 후예들에 대한 애정이 없다. 하물며 인간은 더더욱 도울 마음이 없지.

"원하는 게 무엇이오? 무엇이든 줄 수 있소."

피에트로가 말했다.

현실에서는 무리지만, 이곳은 가상의 세계였다.

원하는 것은 무엇이든 만들어낼 수 있다.

—짐은 계속 백성을 다스리고 싶을 뿐이다. 그리고 그건 너희의 도움 따위는 필요 없지.

황제는 클클 웃었다.

—이 무덤을 만든 것은 다름 아닌 짐이다. 백성들을 순장시킨 것도 짐이지. 백성들의 사령을 다시 불러내 살려내고 짐의 나라를 다시 완성할 것이니라.

그랬다.

사령을 다루고 언데드를 만드는 재주가 누구보다도 뛰어난 사람은 바로 이 만인릉의 황제였다.

1만여 명의 사령 언데드를 통제했던 능력만 봐도 알 수 있는 사실이었다.

하지만.

"시신이 없으면 불가능한 일이오."

―뭐라?

황제는 깜짝 놀랐다.

피에트로가 말했다.

"이곳은 가상의 공간이오. 현실에서 이 거대한 도시를 다시 재건할 역량은 우리에게 없었소. 당신 백성들의 시신은 당연히 찾지 못했소."

서문엽도 고개를 끄덕이며 거들었다.

"당신의 진짜 무덤은 당신을 처치하고서 진즉에 파괴했지."

황제는 창밖을 바라보았다.

텅 빈 도시의 정경.

을씨년스러운 거리에는 어떤 스켈레톤의 잔해도 보이지 않았다.

아무리 황제라도 시신 없이 언데드를 만들 수는 없었다.

―그렇다면 그 시신을 찾아와라! 짐의 도시가 있었던 시공 어딘가에 시신들이 떠돌고 있을 것이 아니냐! 그렇게 한다면 내 너희에게 원하는 답을 들려주겠다.

마침내 황제도 조급해진 듯했다.

권력자가 가장 싫어하는 결말은 홀로 외로이 남겨지는 것일 터였다.

홀로 이 거대한 무덤에 남겨진다는 것은 황제로서는 상상하기 싫은 결말이었으리라.

피에트로는 한숨을 쉬었다. 인간이 된 후로는 보기 드물게 감정 표현을 한 것이었다.

"시공 속에서 시신들을 찾아 수습한다는 건 매우 힘든 일이오. 하물며 시신을 수습해 온다 해도 문제는 있소. 사령들은 당신의 부름에 응하지 않을 것이오."

―어째서냐?

"되살아나길 원하는 사령이 없을 테니까."

―웃기지 마라. 짐도 육신을 잃고 혼돈 속을 떠돌았다. 삶에 대한 열망, 육신을 되찾고 싶은 욕구. 내가 느껴보지 못했으리라 생각하나!

"역시나 당신은 남을 이해할 줄 모르오."

―뭐라고?

황제는 눈살을 찌푸렸다.

"죽어서 모욕받고 싶어 하는 이는 없소. 그리고 당신과 함께 순장되었던 이들 중, 되살아나 당신의 지배를 받고 싶어 하는 사람은 없소."

―뭐, 뭐라고!

"당신의 지배를 받느니 그냥 사령으로 맴돌다가 소멸되고 싶어 할 거요."

―이이……!!

황제가 분노로 씩씩거렸다.

"자기 존엄을 짓밟히고 싶어 하는 이는 없단 말이오. 황제, 당신은 환란으로부터 세상을 구한 위대한 군주이지만, 또한 구한 세상을 스스로 다시 짓밟았소."

황제는 망연자실했다.

죽고 난 후 까마득한 세월이 흐르고 나서야 권력을 상실한 셈이었다.

*   *   *

서문엽은 망연자실한 황제를 보며 혀를 내둘렀다.

'정말 지독한 권력욕이다.'

적과 싸워 승리해 국민의 지지를 받은 영웅이 폭군으로 타락한 사례는 수없이 많았다.

그런데 이놈의 황제처럼 거대한 스케일은 듣도 보도 못했다.

'죽어서 언데드가 되었는데도 엄청나게 강했던 황제야. 살아생전에는 훨씬 더 강했다는 뜻이겠지.'

피에트로, 즉 대사제 또한 사령 언데드가 되었을 때는 살아생전의 힘을 반의반도 발휘 못 했다.

살아생전의 능력을 고스란히 가진 언데드는 없다고 피에트로는 단언했다.

서문엽의 경험상, 만인릉 황제의 강함은 최후의 던전에서 맞붙었던 대사제와 동급.

그럼 대체 살아생전에는 얼마나 강했다는 뜻일까?

'엄청난 괴물이었겠지. 황제를 따르는 강력한 군대도 있었을 테고.'

그랬던 황제가 나라를 지키기 위해 맞서 싸웠던 환란이란 대체 무엇일까?

만약 살아생전의 황제조차 천신만고 끝에 간신히 이겼을 정도라면……

'우리는 못 이기는 거 아냐?'

그렇다면 문이 열리기 전에 첫 번째 상급 사제를 처치해서 문제를 미연에 방지하는 게 최선일 터였다.

그러기 위해서는 이놈의 고집불통 황제에게 환란에 대한 이야기를 들어야 한다.

그런데 황제는 지금 정상이 아니었다.

─짐의 나라가…….

황제는 살아 있을 때는 한 번도 느껴보지 못한 좌절을 겪고 있었다.

서문엽은 피에트로를 바라보았다.

이제 어쩔 거냐는 무언의 질문.

피에트로도 별반 답이 없는 걸 보니 뾰족한 대책은 없는 듯했다.

그런데 그때였다.

─아니! 백성은 있다!

돌연 황제가 버럭 소리쳤다.

의아해하는 두 사람에게 황제가 킬킬 광기에 젖은 웃음을
흘렸다.

─바로 너희다.

"뭐?"

황당해하는 서문엽.

─너희를 죽여서 내 백성으로 삼겠다!

"돌았냐? 미안한데 우리 몸도 가짜라서 죽여도 안 죽거든?"

─뭐, 뭐라고?

"우리가 미쳤다고 죽을지도 모르는데 목숨 걸고 댁을 되살
렸겠어? 생명은 하나야, 이 새꺄."

황제는 부들부들 떨었다.

서문엽은 쯧쯧 혀를 찼다.

"그만큼 살았으면 이제 그만 좀 추하게 굴고 도움 좀 줘봐.
백성은 못 줘도 산해진미, 금은보화 뭐 그런 건 얼마든지 줄
수 있다고. 책도 있고, 아 컴퓨터 게임도 가능하겠다. 재미있
는 거 존나 많은데……."

─닥쳐라!!

황제가 두 자루의 대검을 들고 버럭 소리쳤다.

황제가 금방이라도 덤빌 기세라, 서문엽도 방패와 창을 치
켜들었다.

"그래, 덤벼봐! 스파링 상대도 얼마든지 해줄 수 있으니까."

─건방진 놈! 죽여 버리겠다!

폭사하는 하얀 오러에 둘러싸인 대검이 마구 휘둘러졌다.

콰앙! 쾅! 쾅!

부딪칠 때마다 굉음이 울려 퍼졌다.

오러양에서는 완벽한 열세라 서문엽은 계속 밀려났지만, 그 래도 좌우로 무빙하며 정면 충돌은 피했다.

계속해서 충격을 옆으로 흘리며 버텨내는 서문엽.

그런 그를 보며 황제가 말했다.

─건방 떨고 있구나. 그래, 무기를 다루는 솜씨만은 짐과 견주 어도 되겠다. 건방질 만하구나.

진심으로 서문엽을 칭찬하는 황제. 그러나 말투가 꼭 어린 애를 보며 기특해하는 것 같았다.

'그 말은 즉 황제도 기술이 100 수준이라는 건가.'

충돌해 보니 그런 것도 같았다.

힘에서 밀리는 게 아니더라도, 황제는 자칫 공격 속도가 느 려서 빈틈이 드러날 수 있는 대검을 완벽하게 다루고 있었다.

단지 대검 두 자루를 쓰고 있기 때문만은 아니었다.

두 자루를 양손에 쓴다 해도 휘두르는 속도에는 한계가 있 다.

상대가 반격할 틈을 주지 않고, 막기만 해야 하는 상황을 만들어낼 줄 아는 것이었다.

소위 싸움의 흐름을 리드할 줄 안다는 것이다.

게다가 황제의 힘은 검술이 아니었다.

―하나 고작 그것 가지고는 너희에게 닥칠 환란을 이겨낼 수 없을 것이다.

"어떤 환란인지 안다는 듯이 말하네?"

서문엽이 툭 질문을 던졌다.

―알고말고.

황제가 답했다.

―싸움은 그때 끝난 게 아니었으니까.

서문엽은 눈을 빛냈다.

듣고 싶었던 정보가 황제의 입에서 나올 것 같았다.

―짐조차도 놈들을 완전히 박멸시키지 못했다. 쫓아내는 게 한계였고, 싸움이 끝난 뒤에는 폐허만이 남았지.

서문엽은 내심 실망했다.

살아생전의 황제조차도 한계를 느꼈다고 하니, 대체 얼마나 난이도가 높은 미션이란 말인가.

―놈들이 언제 또 올지 모른다. 그래서 짐은 나라를 재건하고 더욱더 강한 군대를 육성했다. 백성들의 희생이 따랐지만, 마땅한 희생이었다. 언제 또 환란이 닥칠지 모르는데, 그 무지몽매한 것들은 금세 잊어버리고 희생하고 싶어 하지 않았으니까!

콰아앙!

교차된 대검이 일거에 서문엽의 방패를 덮쳤다.

"큭!"

서문엽은 나뒹굴었지만, 구르고 난 후에 다시 재빨리 몸을 일으켰다.

―그 어리석은 모습을 보며 짐은 깨달았다. 역시 짐밖에 없다. 짐만이 나라를 지킬 수 있다!

그것이 황제가 타락한 계기였다.

또다시 닥칠 환란을 막기 위해 육성된 무적의 군대는 백성을 탄압하는 데 쓰였다.

―그래서 너희가 그 일을 물었을 때 짐은 바로 알았지. 놈들이 결국 또 침공한다는 것을.

"그래서 그놈들이 대체 누구냐고?"

황제는 씨익 웃었다.

―짐을 이기면 알려주지.

"뭐?"

서문엽의 표정이 일그러졌다.

―지금의 짐조차 못 이기거든, 어차피 미래가 없으니 그냥 뒈져라.

"끝까지 밉상이네, 정말!"

―그때 짐의 무덤을 침공한 원정대와 그 뒤에 온 너를 포함한 인간들. 그게 너희가 낼 수 있는 전력의 한계치겠지. 맞나?

"…대충 그렇겠지?"

배틀필드로 인해 실력 있는 초인들이 늘었지만, 지저 문명은 멸망했다.

대충 전력의 총합을 따지면 그때 이상의 힘은 낼 수 없을 것이다.

─그렇다면 너희는 문이 열리고 환란이 닥쳤을 때 며칠 내로 멸망할 것이다.

"……!"

그 정도였던가.

황제가 단순히 악담을 하는 것 같지는 않았다.

─지금의 짐의 처지처럼, 너희 또한 덧없고 부질없구나.

자신의 처지에 절망한 황제는 서문엽과 피에트로에게 조소를 보냈다.

"각오해라. 금방 끝내줄 테니까."

결심을 굳힌 서문엽은 불사에 증폭을 걸었다.

파아아앗!!

서문엽은 순식간에 영체로 변했다.

황제는 깜짝 놀랐다.

─영체?!

─놀랐냐? 새까, 이 악물어라. 강냉이 털어버릴 거니까.

영체가 된 서문엽이 의기양양하게 말했다.

그런데.

─실로 놀랐다. 인간이 그런 재롱을 부리다니.

─재롱?

서문엽이 울컥한 찰나였다.

파아아앗!

황제도 온몸이 하얀 오러로 잠식되기 시작했다.

놀랍게도 그 직후, 황제 또한 영체가 되었다.

서문엽은 눈이 휘둥그레졌다.

영체가 된 황제는 어깨를 으쓱했다.

―뭐, 이런 얘기다.

―어, 어떻게…….

―건방지구나. 너 따위도 되는 영체의 경지를 짐이 도달하지 못했다고 생각했느냐?

―아니, 예전에 싸웠을 땐 영체로 변신하지 않았잖아?

서문엽은 기가 막혀서 소리쳤다.

예전에 만인룡을 공략할 때는 황제가 영체로 변신한 적이 없었다.

―그런 질문을 하는 걸 보니 넌 그야말로 걸음마 단계로군.

―뭐?

―영체 상태에서는 오러의 낭비가 심해지는데 짐이 뭐 하러 이 모습을 고수하겠느냐?

그제야 서문엽은 120초의 시간제한이 오러 소모 때문이라는 것을 깨달았다.

―옛날에는 이 상태로도 몇 시간 동안 싸울 수 있었지만, 언데드가 되고서는 그만한 오러가 없어졌다. 기껏해야 15분 정도가 한

계지.

—…….

기껏해야 2분이 한계인 서문엽은 시무룩해졌다.

황제의 영체가 변화하기 시작했다.

발끝에서부터 서서히 영체가 풀려나는 모습이었다.

무릎, 몸통, 목, 머리.

영체가 풀린 황제는 두 팔도 원상 복귀 되었다.

그런데, 손에 들고 있는 두 자루의 대검은 여전히 영체 상태였다.

—어? 그거 뭐야?

놀랍게도 황제는 자신의 무기만 영체화시켰다.

—봤을 텐데?

황제가 되물었다.

그러고 보니 생각났다.

만인룡 공략 때, 황제는 이상하게 빛나는 대검을 휘둘렀었다.

대량의 오러가 집중되어서 그런가 보다 하고 넘어갔는데, 이제 보니 무기만 영체화한 것이었다.

휘익!

황제가 대검을 가볍게 휘둘렀다.

쫘아아아아아앙!

충격은 결코 가볍지 않았다.

—흐억!

방패로 막았음에도 서문엽은 영혼이 날아가 버릴 것 같은 충격을 느꼈다.

—그런 꼴로는 무기만 충돌해도 영혼까지 타격을 입지.

황제의 비웃음을 받으며 서문엽은 나동그라졌다.

그때였다.

"비켜."

피에트로가 나섰다.

파파파파팟!

십여 개의 마법진이 허공에 떠올랐다.

피에트로가 필살기인 영령의 일격을 펼친 것.

—호오.

황제는 미소를 지었다.

그리고…….

*   *   *

"아오, 씨발!"

접속 모듈에서 나온 서문엽이 버럭 소리를 질렀다.

피에트로도 떨떠름한 표정으로 밖으로 나왔다.

결론부터 말하자면, 어림 반 푼어치도 없는 완패였다.

"하다못해 고위급 영령이라도 동원할 수 있었다면 타격을 입힐 수 있었을 텐데."

피에트로는 낭패 어린 표정이었다.

여왕이 그런 두 사람을 위로했다.

"그래도 많은 것을 알아냈잖아요."

여왕은 스크린을 통해 싸움을 지켜보고 있었다.

여왕뿐만이 아니었다.

'관측'을 비롯한 여러 지저인이 스크린으로 구경하고 있었다.

서문엽은 와락 표정을 일그러뜨렸다.

"누구는 고생하는데 아주 월드컵 경기라도 보냐?"

"저, 저희라도 합류할까요?"

여왕이 겸연쩍어서 물어보았다.

피에트로가 고개를 저었다.

"몇 명 포함된다고 달라질 문제는 아닌 것 같군. 대인원을 끌고 가서 인해전술로 이긴다 해도 황제가 납득할 것 같지도 않고."

"그건 그렇지."

서문엽은 황제가 보여준 무기 영체화를 떠올리며 납득했다.

영체화된 대검은 모든 것을 썩둑썩둑 썰어버렸다.

만인릉 공략 때처럼 무기로 직접 공격을 하는 동료들이 필요하지, 오러만 사용하는 지저인들은 그다지 먹힐 것 같지 않았다.

영체화된 무기로 오러를 베어 소멸시키는 것을 피에트로의 영령의 일격을 통해 확인했기 때문이다.

"황제는 자포자기 상태이기 때문에 설득은 불가능하고, 일단은 그자가 기분이 풀릴 때까지 계속 도전하는 수밖에 없을 것 같군."

피에트로의 말에 서문엽도 공감했다.

"그래 뭐, 계속 도전해 보지."

서문엽은 만인릉에서도 봤던 황제의 강함을 새삼 재확인하자 암담함을 느꼈지만, 절망보다는 호기심을 더욱 느꼈다.

'그 무기만 영체화한 거 어떻게 했지?'

일부만 영체화할 수 있다니, 서문엽으로서는 신세계를 본 것이었다.

'나도 해봐야겠다.'

그렇게 도전이 시작되었다.

또다시 접속해서 시작한 싸움은 꽤 오래갔다.

이번에는 영체로 변신하지 않고 그냥 싸웠기 때문이다.

영체화된 황제의 대검은 충돌 없이 최대한 피하면서 창으로 찌르고 던지며 싸웠다.

―그래서야 이길 수 있겠나?

황제는 그런 서문엽을 조롱했다.

그 와중 서문엽은 피에트로와 눈빛을 교환했다.

순간적으로 피에트로가 영령의 일격을 펼쳤다.

그리고 그 순간에.

파앗!

서문엽도 재빨리 영체로 변신해 달려들었다.

오러에 씌워진 영령들과 함께 합공에 나선 서문엽.

황제는 씨익 웃고는, 두 자루의 대검을 교차해 십(十) 자를 그렸다.

그리고 놀라운 황제의 필살기를 구경하게 되었다.

대검 두 자루를 종횡으로 베며, 다시 십자로 교차하고서 또 벤다.

그것을 엄청난 속도로 무한 반복!

촤촤촤촤촤촥!!

허공에 수많은 빛의 열십자가 수놓아졌다.

영령들이 무차별로 썰려 나갔다.

경악한 서문엽은 급한 대로 수많은 십자 속의 틈새로 창을 던졌다.

틈새로 절묘하게 통과한 창이 날아들었지만.

터엉!

다시 십자로 교차된 대검에 가로막혔다.

─방금 건 칭찬해 주마.

그 말과 함께 서문엽은 썰려 버렸다.

접속 모듈에서 나왔을 때는 피에트로도 함께였다.

"이 작전은 안 되겠군. 내 영령의 일격 자체가 힘이 없다. 영령들이 버티지 못하고 너무 쉽게 나가떨어졌어. 보다 강한 선조분들이 도와주셨다면 한 번은 베여도 버텼을 텐데."

서문엽은 다시 황제의 전투 스타일을 떠올리며 전법을 새로 구상했다.

그러고서 내린 결론.

"나도 그거 따라할 수 없을까?"

완전 영체로는 극히 불리했다.

무기끼리 충돌 시 황제는 별반 타격이 없는데, 서문엽은 타격을 입는다. 완전 영체화와 무기 영체화의 차이였다.

하지만 서문엽도 무기 영체화가 가능해지면 해볼 만했다.

제3장

영체화

"내가 최후의 던전에서 널 처치하고 나서 말이야."

4차 도전을 마치고 쉬는 동안, 서문엽은 뜬금없이 피에트로의 아픈 과거를 건드렸다.

피에트로는 거기에 대꾸해 줄 생각이 없었다.

"탈출은 불가능하고, 괴물들한테 둘러싸여서 황천행이 확정이었거든. 그때 거의 자포자기 상태가 돼서 미친 듯이 싸웠어. 삶에 대한 아무런 미련도 없으니까, 아주 원 없이 싸운 것 같아."

서문엽이 말을 이었다.

"내가 볼 때 황제도 지금 그 상태야. 한 풀릴 때까지 싸우고 싶은 거야. 검술을 저 정도로 익혔으면 무투파거든. 남은 즐거움이 그거밖에 없는 거지."

"직성이 풀릴 때까지 어울려 줘야 한다는 거군."

"그래. 그리고 걔 말도 틀리지 않은 게, 언데드가 된 황제도 못 이기면 예언에 나온 환란을 극복하지 못할지도 모르지."

그 말에 여왕이 끼어들었다.

"우리의 목적은 환란이 일어나지 않도록 첫 번째 상급 사제를 저지해 미연에 방지하는 거예요."

"쩝, 그게 제일 좋지만, 그렇게 쉽게 일이 풀릴지 모르겠네."

아무튼 지금 할 일은 시름에 빠진 황제와 놀아주는 것이었다.

5차.

콰지직!

"끄억!"

6차.

―아직 멀었다.

"컥!"

그리고 7차 도전.

"야, 이 씨발아!"

화가 머리끝까지 난 서문엽은 황제를 보자마자 삿대질을 했다.

―뭐냐? 벌써 인내심이 한계에 다다른 것이냐?

"너 그거 어떻게 한 거야!"

서문엽은 영체화된 황제의 대검을 가리키며 물었다.

옆에 있던 피에트로가 흠칫했다. 다른 사람 탓에 자신이 창피할 수 있다는 것을 처음 알게 되었다.

황제는 기가 찬 나머지, 감탄했다.

―그걸 나에게 알려달라고 묻는 것이냐?

"그래! 이건 뭐 싸움이 안 되잖아!"

―그런 것치고는 점점 오래 버티던데, 좀 더 노력해 보지 그러나.

"에이 쌍!"

욕설과 함께 서문엽은 영체화했다.

그런데 그때, 황제가 말했다.

―창을 놔봐라.

―창?

뜬금없었지만 서문엽은 시키는 대로 창을 놨다.

땅에 떨어진 창을 대검으로 가리키며 황제가 말했다.

―손에서 내려놓으면 네 창은 더 이상 영체 상태가 아니지.

―그야 그렇지. 내 몸에 닿지 않으면 영체에 포함 안 되니까.

―그것과 같은 이치다.

서문엽은 고개를 갸웃거리고는 창을 주웠다가 내려놓았다가를 반복했다. 그러고는.

―야 인마, 너 이거 뻥치는 거 아니지?

―알려줘도 불만이군. 하여간 우매한 백성들은 은혜를 금방 잊어.

혀를 차는 황제.

아무래도 거짓말은 아닌 것 같아서 서문엽은 계속 창을 쥐었다 내려놨다 하며 실험했다.

그러다가 120초가 지나 영체에서 풀렸다.

"아무리 해봐도 모르겠는데."

―다 요령이다. 일단 뒈져라.

콰아아아아앙!

서문엽의 아바타는 소멸됐다.

피에트로는 그로부터 30초 후에 나왔다.

"넌 대사제였던 놈이 꼴랑 30초 버텼냐?"

"지금 동원할 수 있는 영령 가지고는 대적하기가 무리로군."

서문엽은 문득 뭔가가 떠올라서 피에트로에게 물었다.

"저 황제 언데드 따지고 보면 네가 만든 거잖아?"

"그렇다."

"너도 언데드였을 때 통제 설정이 되어 있어서 나랑 싸워야 했었지?"

"황제에게 통제 설정을 왜 안 걸었냐고 묻는 건가."

"어."

"감당 못 할 사령은 본래 저렇게 살려내서도 안 된다. 세 번째 상급 사제가 나한테 어떻게 죽었는지 기억해라."

도망치지 못하게 공간 이동을 조작해서 죽였다.

뭔가 인간은 상상도 못 할 복잡한 오러 컨트롤이 필요한 스킬이었을 테지만, 겉보기엔 손가락만 까닥해서 죽인 것처럼 보였다.

"통제 설정을 조금도 할 수 없었다. 묻는 말에 대답하라는 간단한 통제조차 불가능했지."

그 말에 여왕도 동의했다.

"황제 정도면 태초의 빛 외에는 그보다 오래된 영령을 찾아보기 힘들 정도예요. 역사에 남을 만한 천재였던 대사제님이라도 통제는 불가능할 거예요."

"역사에 남을 만한 천재?"

서문엽은 피에트로를 빤히 쳐다봤다.

"뭘 그렇게 보지?"

"자기 자랑이 심한 놈인 줄 알았는데, 진짜 천재로 인정받고 있었구나 싶어서."

"난 내 자랑을 한 적 없다."

일부러 자랑한 게 아니라면, 주변에서 하도 찬사만 받고 살다 보니 아예 그걸 당연시 여기게 된 케이스였다.

'보통 그런 놈이 대형 사고를 치지.'

결국 지저 문명의 역사를 새로 쓴 대형 사고를 친 피에트로.

그런 그를 보며 서문엽은 문득 욕심이 났다.

'배틀필드로 치면 톱3는 그냥 들겠지?'

톱3 중에서는 아이리시 위저드, 로이 마이어와 비슷한 포지션이었다.

굵직한 초능력을 펼치며 전장의 판도를 결정짓는 마법사.

하지만 전직 대사제 피에트로가 로이 마이어에게 꿀릴 것이 없었다.

약발이 조금 떨어졌다지만, 그의 영령의 일격이면 상대 팀은 그냥 떼 몰살이었다.

'거기다가 공간 이동도 있고.'

그 외에도 초능력은 아니지만 오러를 활용해서 온갖 짓을 할 수 있다. 물론 지저인이라는 사실을 들키지 않으려면 자제해야 할 테지만.

'공간 이동과 영령의 일격만 갖고도 엄청난 인재잖아? 와씨, 애를 데려가면 좋겠는데?'

YSM에 데려가고 싶었다.

이 녀석만 있어도 아시아 챔피언스 리그 재패는 확정이다.

월드 챔피언스 리그도 좋은 성적을 노려볼 수 있었다.

서문엽과 피에트로가 활약하고, 카자흐스탄에서 데려온 사니야 아흐메토바도 잘 자라면?

'이 녀석만 있어도 가능하겠다.'

피에트로를 바라보는 서문엽의 눈빛에 탐욕이 어렸다.

'엄청난 피해를 끼친 전범 자식이지만, 뭐 어때. 안 들키면

되지!'

일단 황제 문제가 끝나면 한 번 구슬려 봐야겠다고 생각한 서문엽이었다.

잠시 후, 다시 접속했다.

서문엽은 만인릉에 접속하자 황제에게 가지 않고, 일단은 무기 영체화 훈련을 시작했다.

'내려놓는다. 내려놓는다.'

머릿속으로 창을 내려놓았던 느낌을 되새기며, 발부터 영체화를 풀려고 노력했다.

그러나 변화가 없었다.

120초가 지나 영체화가 풀려 버렸을 뿐이다.

오러가 전부 고갈되자 접속을 끊은 뒤 다시 재접속했다.

불사를 증폭시켜 영체가 되고 나면 오러가 거의 다 소진되곤 했던 것이다. 120초의 시간 제한은 바로 오러양 탓일 터였다.

'무기만 영체화하면 오러 소모를 막을 수 있으니 시간이 대폭 늘어날 거야. 자, 내려놓는다. 내려놓는다.'

창에서 손을 떼듯이 발을 마음속에서 내려놓는 기이한 이미지를 떠올렸다.

그렇게 재접속을 수시로 반복하며 연습을 했다.

"하루 이틀 연습해서 될 일이 아닌 것 같다만."

피에트로가 옆에서 한마디 했다.

─시끄러, 난 해낼 거야.

서문엽의 훈련을 가만히 지켜보기가 지루했는지, 피에트로
역시 명상을 시작했다.

그렇게 한참의 시간이 지났다.

하루가 훌쩍 지나갔을 무렵…….

─됐다!

서문엽이 버럭 소리 질렀다.

피에트로는 명상에서 깨어났다.

"설마?"

하루 만에 진전을 얻을 수 있을 리가 없다고 생각했다.

그런데.

─봐봐, 인마!

정말이었다.

서문엽의 발 부분만 영체에서 풀려 있었다.

다른 온몸은 영체 상태였지만 발만 빛나지 않고 그대로였
다.

피에트로는 눈을 부릅떴다.

'정말 천재란 말인가?'

인간인 주제에 영체의 단계에 올랐으니 천재가 맞긴 할 테
지만, 설마 하루 만에 이런 진전을 보일 줄은 몰랐다.

─으하하! 역시 난 나야!

의기양양해진 서문엽.

그런데 문득 이상함을 느낀 피에트로가 입을 열었다.

"그 부츠 벗어봐라."

―응? 왜?

서문엽은 시키는 대로 부츠를 벗었다.

그랬더니, 발은 여전히 영체 상태로 빛나고 있는 게 드러났다.

―…….

서문엽은 급격한 쪽팔림을 느꼈다.

부츠만 영체에서 풀린 것이었다.

부츠에 가려져 발은 여전히 영체인 게 안 보였을 뿐.

"그래도 큰 진전이군. 신체와 접촉한 상태임에도 부츠가 영체에서 풀린 게 아닌가."

―에이 씨, 더럽게 어렵네.

그래도 진전이 있었으므로 서문엽은 훈련에 박차를 가했다.

*   *   *

여왕의 처소에서 머물면서 며칠간 수련에 몰두했다.

먹고 자는 시간만 빼고는 오로지 수련.

서문엽은 그렇듯 목표를 이룰 때까지 끈덕지게 자신을 채찍질하는 데 익숙했다.

처절한 어린 시절의 경험은 그를 게으르게 만들지 않았다.

도리어 여유를 즐기지 못하는 성격이라 늘 자극적인 일을 찾아다녔고, 그것이 던전이었다.

분석안으로도 스스로가 어디까지 강해질 수 있는지 알 수 있었으므로, 지독한 훈련을 매일같이 했었다.

그리고 현재.

더는 강해질 수 없는 줄 알았는데 새로운 길이 열린 것이다.

황제라는 새로운 목표.

그리고 무기 영체화라는 궁극의 경지.

오랜만에 느끼는 도전 정신이 서문엽은 즐거웠다.

'타고난 오러양이 다르니 일대일로 잡는 건 무리겠지.'

황제는 무기술도 흠잡을 데 없이 완벽했다.

거기에 오러양도 살아생전보다 대폭 줄었을 텐데도 서문엽을 훨씬 능가했다.

공략할 빈틈이 전혀 없으니 일대일 대결로 이긴다는 목표는 무리였다.

'피에트로와 둘이서 이기는 걸 목표로 하자.'

피에트로도 옆에서 계속 명상에 잠겨 있었다.

아마도 선조들의 영령과 다시 감응을 하여서 잃었던 신망을 회복하고 싶은 모양이었다.

타락으로 인해 선조들의 외면을 받은 탓에, 영령의 일격에 동원되는 영령들도 하나같이 수준이 낮았던 것.

동족을 몰락에 빠뜨린 중죄를 지었으니 선조들의 분노를 풀 수 있겠냐마는, 나름대로 노력하는 듯했다.

그렇게 일주일이 지났다.

파아아앗!

서문엽의 방패와 창이 영체 상태가 되어 하얗게 빛났다.

"됐다!"

서문엽은 환희에 찬 소리를 질렀다.

정확히 방패와 창만 영체화된 모습.

무기 영체화를 완벽하게 터득한 것이었다.

"하루 이틀로 될 일이 아니었는데, 일주일 만에 해내다니."

피에트로가 중얼거렸다.

"나 천재라고 했잖아! 크하하!"

서문엽은 영체화된 창을 마구 휘두르며 좋아했다.

영체로 변신했을 때는 120초.

무기 영체화는 43분까지 유지할 수 있었다.

"이제 다시 도전해 보자."

"좋다. 나도 나름 진전이 있었다."

"오, 널 용서해 주는 선조가 있긴 하디?"

"그건 보면 안다."

함께 수련에 몰두한 피에트로도 무언가 성과가 있었던 모양이었다.

일단 접속 해제하고 조금 휴식을 취한 뒤, 다시 접속했다.

심기일전한 두 사람은 일주일 만에 다시 황제에게 향했다.

―왔나. 시간이 얼마나 지났느냐?

황제가 물었다.

"일주일이오."

피에트로가 대답했다.

―벌써?

"그렇소."

황제는 어쩐지 쓸쓸한 듯한 표정으로 고개를 끄덕였다.

―너무 긴 세월을 살았던가. 이제 아무 의미 없이 시간을 무감각하게 흘려보내게 되었구나. 언제부터 시간이 이리도 가치가 없던 것이었나.

즐겁게 두 사람을 때려잡던 모습이 아니었다.

홀로 있었던 일주일간 황제도 많은 생각이 든 모양이었다.

'저 양반 저거 현자 타임인 것 같은데.'

위험했다.

모든 의욕을 잃으면, 심경의 변화가 생긴 황제가 어떤 선택을 내릴지 예측 불허였다.

궁금했던 것을 순순히 가르쳐 줄 수도 있지만, 그냥 냅다 스스로를 소멸시키는 극단적인 선택을 할지도 몰랐다.

결국 서문엽이 나섰다.

"야 이 새꺄, 그러게 적당히 살지 그랬냐?"

파아앗!

방패와 창이 영체화되었다.

"그랬으면 오늘 나한테 맞을 일도 없었잖아. 안 그래?"

무기 영체화에 성공한 서문엽의 모습을 본 황제는 흐렸던 눈빛에 흥미를 되찾았다.

―호오? 성공했나?

"죽었다고 복창해라."

―하하하.

황제의 웃음이 울려 퍼졌다.

―그것도 좋지. 짐의 마지막 유희다! 짐을 즐겁게 해라, 광대들이여!

8차 도전.

어쩌면 마지막 도전이 될 싸움이 시작되었다.

*　　　*　　　*

격전이 펼쳐졌다.

이번에는 어느 때보다도 치열했다.

똑같이 무기 영체화를 구현하니, 이제는 순수한 무기술 대결이었다.

서문엽은 지금까지 연마한 자신의 모든 테크닉과 노하우를 퍼부었다.

그러나 황제는 그에 밀리지 않았다.

서문엽의 빠른 템포를 잘 쫓아오면서도, 때로 흐름을 바꾸어 템포를 조절할 줄도 알았다.

하지만 황제를 상대로 대등하게 싸우고 있다는 것 자체만으로도 커다란 성과였다.

15분쯤 지났을까.

대결을 지켜보고 있던 피에트로도 슬슬 움직이기 시작했다.

"이제 슬슬 결판을 내야겠군."

—하하, 바라던 바다.

황제는 껄껄 웃으며 소리쳤다.

파파파파팟!

피에트로는 십여 개의 마법진을 허공에 띄웠다.

영령의 일격.

그러나 이번에는 이전과는 분위기가 달랐다.

마법진들에게서 어쩐지 음습한 기운이 뿜어져 나오기 시작한 것이다.

황제조차도 그 마법진들에서 심상치 않은 느낌을 받았다.

하지만 어찌할 수는 없었다.

바로 코앞에서 서문엽이 계속 밀어붙이고 있었기 때문이다.

카각!!

창 뒤편의 이중 날이 황제의 대검 한 자루를 붙들었다.

"걸렸다!"

서문엽은 창과 함께 회전해 비틀었다. 대검도 함께 비틀렸다.

그 바람에 황제는 대검을 놓쳤다.

하지만 곧 다른 대검을 양손으로 쥐고는 있는 힘껏 내려쳤다.

서문엽은 급히 방패를 들어 막았다.

꽈아아아앙!!

"컥!"

어마어마한 힘이 벼락처럼 떨어지자 서문엽은 온몸이 짓눌리는 듯한 압력을 받았다.

연이어 황제는 그대로 돌진해 몸통 박치기를 했다.

그 순간.

휘릭!

서문엽은 순간적으로 180도 턴을 해서 정면으로 들이받히는 것을 피했다.

하지만 완전히 피하지는 못했다.

터엉!

"크!"

휘청거리며 뒤로 밀려난 서문엽.

황제는 그 틈에 놓친 대검을 주우려 했다.

"어딜!"

획!

서문엽은 냅다 창을 던졌다.

카앙!

떨어져 있던 대검이 창에 맞아 멀리 날아갔다. 어떻게든 대검 두 자루를 다 쓰지 못하게 방해하는 것이었다.

황제는 영령의 일격을 준비하는 피에트로를 흘깃 보고는 다시 서문엽을 노려봤다.

―빨리 끝내야겠군.

"지금까지는 쉬엄쉬엄 하셨나 봐?"

서문엽이 비아냥거렸다.

―방침을 바꿨다고 해두지.

그 말과 함께.

파아아앗!

황제의 온몸이 영체화되었다.

'완전 영체화?!'

서문엽은 황제가 갑자기 오러 소모가 심하고 단점이 많은 완전 영체화를 택했는지 알 수 없었다.

영체가 된 황제가 덤벼들었다.

하늘로 날아올라 서문엽의 머리 위에서 떨어졌다.

방패와 창을 들고 맞서는 서문엽.

충돌 직전.

파아앗!

다시 황제는 영체화를 풀고 대검만 영체화시켰다.

완전 영체화에서 무기 영체화로 변환될 때, 모든 오러가 일시적으로 무기에 집중되는 현상을 이용한 일격이었다.

꽈아아아아아앙!!

"끄헉!"

서문엽은 거대한 압력을 받아 무릎을 꿇었다.

오러를 있는 힘껏 끌어내 버텼지만, 몸이 부서질 것 같았다.

콰지직! 콰직!

입고 있던 갑옷이 압력을 못 견디고 산산조각 났다.

배틀슈트만 간신히 걸친 채로 서문엽은 이를 악물며 버텼다.

황제도 서문엽을 죽이기 위해 온 힘을 가하고 있었다.

그런데도 서문엽이 쉽게 죽지 않고 끈질기게 버티자 마음이 조급해졌다.

그때였다.

그오오오오오오―

피에트로의 영령의 일격이 완성되었다.

불길한 기운을 뿜는 마법진에서 영령들이 튀어나왔다.

아니.

그것은 영령이 아니었다.

―크아아아아!!

―밉다! 원망스럽다!!

—자유! 해방을!

—황제를 죽여야 해! 황제를!

—억울하다!

원한에 찬 목소리가 울려 퍼졌다.

바로 사령들!

그것도 만인릉에 함께 순장된 채 황제에게 영원에 가까운 시간을 탄압받았던 이들의 사령이었다.

황제의 안색이 변했다.

—준비한 게 그것인가?

피에트로는 어깨를 으쓱했다.

"영령이 되신 선조님들은 좀처럼 나를 용서치 않으시오. 내가 죄인이기도 하지만, 사령이기 때문이지. 그래서 차라리 같은 사령을 동원해 보았소."

피에트로의 오러를 입은 사령들이 시커먼 도깨비불처럼 날아다녔다.

"당신에게 유감이 많더군. 꽤 위협적일 것이오."

굳이 이름을 붙이자면, 사령의 일격이었다.

고위급 영령처럼 강하지는 않지만, 원한을 바탕으로 한 강력한 공격성을 가진 사령들의 힘을 빌리는 것이었다.

특히나, 원한의 대상인 황제에게는 더욱 강력한 위력을 발휘하리라.

—크흐흐, 흉악스러운 공격을 준비했군.

"당신만 할까."

사령의 일격이 마침내 쏟아졌다.

―황제!

―저주한다!

―폭정을 멈춰라!

―해방을!!

서문엽을 걷어차 나가떨어지게 한 황제는 대검 한 자루에 온 힘을 불어넣었다.

―오냐, 와라! 미천한 백성들아! 너희는 영원히 짐의 권위에 대적할 수 없다.

황제가 대검을 힘껏 휘둘렀다.

콰콰콰콰콰!!

―크악!

―끄아아악!

―원통하다!

대검이 만들어내는 오러의 폭풍에 휩쓸린 사령들이 소멸되었다.

하지만 사령은 계속해서 덤비고 있었다.

피에트로도 이 악물고 사력을 다하고 있었던 탓에, 마법진에서 사령이 계속 나오고 있는 것이었다.

폭군에 항거한 혁명이 바로 그러한 모습일까?

오랜 세월 고통받았던 원한의 힘은 매우 강했다.

지독한 집념으로 황제의 일격을 버텨내고서 가까이 접근하는 사령들도 더러 있었다.

　황제는 계속 대검을 휘둘러 사령들을 처치해 나갔다. 절대로 권좌에서 끌어내려지지 않을 것이라는 끈질긴 집착!

　하지만 사령은 너무 많았다.

　대부분 대검에 쓸려 버렸으나, 사령 하나가 접근하는 데 성공해 황제를 물어뜯었다.

　―크으윽!

　―키히히히, 죽어라, 황제!

　―무엄한!

　황제는 주먹으로 사령을 후려쳐 없앴다.

　하지만 그 틈에 사령들이 계속 밀어붙였다.

　피에트로가 온 힘을 쥐어짜 사령들을 소환하고 있는 것이었다.

　계속 황제를 물어뜯었다.

　만신창이가 된 황제는 허둥지둥 물러나 떨어져 있던 또 한 자루의 대검을 쥐었다.

　―와라! 과거를 잊은 것들아! 짐은 세상을 구한 구원자다! 짐 없이 너희가 그 환란을 견딜 수 있었겠느냐? 짐 없이 이 세상이 존재할 수 있었겠더냐?

　황제는 두 자루의 대검을 교차해 십자를 만들었다.

　―죽어라!

―크아아!

―원수!

―비통하고 원통하다!

사령들이 파도처럼 밀려왔다.

황제가 두 자루의 대검을 휘둘렀다.

열십자의 섬광이 사령들을 잡아먹었다.

―끄아악!

―안 돼!

―저놈을……!

무더기로 소멸되는 사령들!

황제는 이를 악물고 계속해서 열십자를 허공에 그렸다.

촤아아악! 촤아악!

콰콰콰쾅!

―끄악!

―누가 저 폭군을!

피에트로도 힘이 빠졌다.

사령들은 더 이상 늘어나지 않았고, 전세가 황제에게로 기울어지는 듯했다.

그때였다.

"구원자?"

어느새 만신창이가 된 몸을 일으킨 서문엽이 물었다.

―아직도 안 죽었구나, 질긴 녀석.

"그때 예언에서는 당신이 구원자였어?"

—그렇다. 짐이 가장 위대한 통치자인 이유이지.

"그랬던 작자가 그 꼴이 됐냐!"

서문엽이 창을 쥐고 달려들었다.

기운이 다 빠졌지만 오러를 있는 대로 쥐어짜서 창을 영체화시켰다.

마지막 힘을 다한 일격이었다.

—너희는 모른다. 싸움은 끝나지 않았기 때문에 짐은 대비해야 했다. 백성들을 희생하더라도 강력한 군대를 육성해야 했고, 짐은 계속 통치해야 했다. 짐은······!

꽈아아앙!!

황제의 대검과 서문엽의 창이 격돌했다.

창이 박살 났다.

"크헉!"

서문엽은 충격을 견디지 못하고 풀썩 무릎을 꿇었다.

황제는 몇 걸음 밀려났지만, 비틀거리는 몸을 가누려고 안간힘을 쓴 끝에 버티고 서는 데 성공했다.

황제도 기진맥진한 상태.

그러나 서문엽은 이제 꼼짝할 힘이 없었다.

사령을 불러내는 데 온 힘을 쓴 피에트로도 마찬가지.

황제는 사형 집행자처럼 서문엽의 옆에 서서 대검을 들어 올렸다.

금방이라도 목을 칠 듯했다.

그러나 그 순간, 아직 남아 있던 사령 하나가 꺼질 듯 말 듯한 오러 덩어리를 가진 채로 황제에게 날아왔다.

─폐하…….

황제는 흠칫했다.

사령의 원한에 사무친 음성이 울려 퍼졌다.

─왜 저를 죽였나이까?

─너, 너는!

황제의 얼굴에 경악의 빛이 어렸다.

─제가 무슨 죄를 지었습니까?

─그, 그건……!

황제는 당황했다.

삐뚤어진 신념으로도 숨길 수 없는 자신의 오점.

바로 자신의 권좌를 이어받을 수 없게 죽여 버렸던 이의 사령이었다.

누구도 자신을 대신할 수 없게 하겠다는 욕망이 낳은 피해자였다.

─이제 그만 떠나소서. 이제는 그 추한 생을 마무리 지어야 합니다, 폐하.

사령이 황제의 목을 조르기 시작했다.

─크흑!

실제로 숨통을 조이는 것은 아니었다.

다만 황제의 사령이 충격을 받고서 육신에서 분리되려 하고 있었다.

—제가 모시겠습니다. 그만 함께 가소서!

사령은 악착같이 황제에게 달라붙어 공격했다.

—크아아아!

황제는 괴성을 지르며 사령을 간신히 떼어냈다. 그러고는 두 손으로 쥐어 터뜨려 소멸시켰다.

그러나 황제는 붕괴되기 시작했다.

사령에 타격을 입어서 더는 언데드 상태를 유지할 수 없게 된 것이었다.

오러도 마구 용솟음치며 날뛰기 시작했다.

—으아아아!

붕괴를 맞이한 황제는 비명을 토했다.

벽을 짚고 간신히 선 채로, 황제가 말했다.

—이렇게 끝나는가. 짐은…….

"떠나기 전에 할 말은 없냐?"

서문엽이 입을 여는 것조차 힘겨운 꼴로 간신히 물었다.

황제는 그 와중에도 클클 웃었다.

—그렇게 듣고 싶나. 진실을 알건 모르건 어차피 닥칠 일이거늘, 그렇게 알고 싶나.

"알고 싶소."

피에트로가 말했다.

―버려진 세계…….

황제가 말했다.

―그곳은 여러 나라로 갈린 선조들이 서로 싸우느라 괴물을 만들어 전쟁에 썼다. 문명을 황금기로 이끌고도 남았을 막대한 오러가 괴물을 대량 생산하는 데 소모됐다. 결국 괴물들이 스스로 대량 번식해 감당할 수 없는 지경이 되어서야 전쟁이 끝났다. 선조들은 부랴부랴 본래 세계를 버리고 도망쳤지.

"그게 버려진 세계의 전말이오?"

―흐흐흐, 어떠냐? 존경할 마음이 조금도 안 들지?

"그런 어리석은……."

―그걸로 끝난 게 아니었다. 긴 세월이 흘러서 역사를 연구하던 누군가가 버려진 세계를 찾아냈지. 그러고는 함부로 그곳으로 이어지는 시공의 터널을 열고야 말았다.

"문이 열리고 환란이 닥친다는 게 그거야?"

―그렇다. 그곳은 각종 괴물들의 세상이었지만, 괴물들은 이미 저들끼리의 패권 다툼이 끝나 있었다. 놀랍게도 지성이 없는 괴물들 주제에, 어느 한 녀석이 우두머리가 되어서 다른 괴물을 전부 지배하는 집단을 이룬 것이다.

"그럴 리가?"

피에트로가 놀라 소리쳤다.

그 또한 괴물을 만드는 데 일가견이 있었다.

괴물에게 집단을 이루는 지성이 존재할 리 없었다. 괴물에게 지성을 줄 정도로 지저인은 어리석지 않았다.

─긴 세월이 흘러서 놈들도 진화한 것이다. 어느 괴물은 더 강해지고, 어떤 놈은 몸집이 커지고, 또 어떤 녀석은 지성이 생겼지.

황제가 말을 이었다.

─그 지성을 가진 놈이 바로 괴물들의 우두머리였다. 놈은 자신 외에 지성을 가진 존재가 아무도 없는 버려진 세계를 갑갑해했지. 문이 열리자마자 놈은 괴물들을 이끌고 침공해 왔다. 놈은 보다 더 진화하고 싶었고, 더 강해지고 싶어 했다. 본디 지성이 있어 봤자 미개한 수준이었으나, 짐과 전쟁을 치르는 동안 녀석은 점점 똑똑해졌지. 탐욕스럽게 우리에게서 많은 것을 배운 것이다.

"괴물에게 학습 능력이 생기면……."

피에트로는 충격을 받아 중얼거렸다.

지저 전쟁 때 괴물을 만들면서도 학습 능력은 절대로 주입하지 않았다. 간단한 학습이라도, 그게 어떤 식으로 발달할지 장담 못 하기 때문이었다.

버려진 세계의 선조들도 그러한 점은 알고 있었을 터였다.

그런데도 까마득한 세월 동안 진화하여서 괴물들이 스스로 지성을 획득하다니.

지저인을 해치기 위해 만들어진 괴물에게 지성이 생긴다면, 그 지성은 과연 어떤 방향으로 작용할까?

황제는 충격을 받은 피에트로를 보며 웃어 보였다.

─지금은 너희보다 똑똑할지도 모르지. 전쟁 병기로서 탄생한

놈들이라, 똑똑해질수록 점점 강하고 악랄해졌다. 뭐, 이제는 짐의 손을 떠난 문제로군.

황제는 마지막으로 서문엽을 바라보았다.

─무기 영체화는 짐의 시대에도 짐 외에는 할 줄 아는 자가 없었다. 아마 지금 시대의 구원자는 네 녀석이겠지.

황제의 육신이 요동치는 오러를 견디지 못하고 하나둘 바스라지기 시작했다.

─건투를 비마.

그렇게 황제는 소멸되었다.

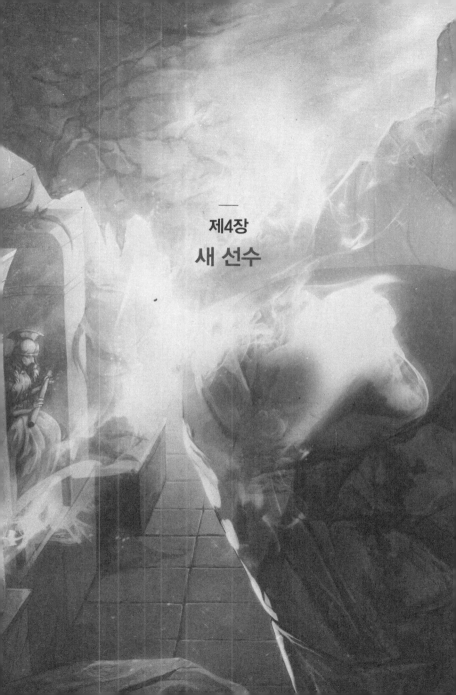

제4장

새 선수

만인룡의 황제는 그렇게 사라졌다.

황제가 가르쳐 준 예언의 실체는 모두를 무겁게 짓눌렀다.

"너무 무서운 사실이에요. 강력했던 생전의 황제마저도 완전히 처치하지 못했을 정도였는데, 지금은 그보다 더 강해졌을 거라니요."

여왕은 표정이 우울해졌다.

생체 조작으로 괴물을 만드는 데 전문가인 피에트로도 거들었다.

"힘이 얼마나 강해졌을지는 모르지만, 사회성과 지능이 가장 두렵소. 괴물에게 주어져서는 안 되는 두 가지 금기가 모두 적용됐으니까."

서문엽이 피에트로에게 물었다.

"그 고대에 만들어진 괴물이 너희가 만들던 것과 얼추 비슷할까?"

"만들어진 목적은 동일하겠지. 하나는 살상, 둘은 오러 채집. 오러는 우리 동족을 지탱하는 근원이기 때문에 분명 그때도 괴물로 하여금 오러를 모으게 시켰을 것이다."

피에트로는 심각한 표정으로 말을 이었다.

"중요한 점은 괴물이 오러를 모아 강해지기 전에 처치하고 모인 오러를 채취하는 일이지. 그래서 괴물을 만들 때는 오러를 아무리 모아도 일정 수준 이상은 강해지지 못하도록 태생적인 한계를 정해놓았다."

"근데 고대의 괴물들은 한계가 없다 이거지?"

"선조들도 멍청하진 않았겠지만, 과욕을 부린 나머지 한계점을 지나치게 높게 잡아서 감당 못 할 지경에 이르렀겠지. 어쩌면 우연히 한계를 뛰어넘은 희귀종이 탄생했다든가."

우연한 희귀종의 탄생.

그리고 그 희귀종이 적자생존의 법칙에서 강자가 되어 번식해 그 같은 희귀종이 더 늘어난다.

그것은 한 종족이 진화하는 과정을 뜻했다.

"그래서 스스로 번식하는 괴물은 위험하다. 번식 과정에서 놈들을 만든 우리조차 예상 못 한 변종이 나타날 수 있으니까."

"근데 너희들도 번식하게 만든 괴물들 많잖아?"

서문엽의 지적에 피에트로는 고개를 끄덕였다.

"황제의 말이 옳다. 전쟁이 아니었어도 우리는 버려진 세계와 똑같이 자멸했을지도 모르지."

"아무튼 그럼 대사제께서 들으셨다는 영령을 가장한 고대의 존재는 버려진 세계의 괴물들을 다스리는 우두머리일 확률이 높겠네요."

여왕이 결론을 내렸다.

"그렇소. 황제 시대에도 우리와 똑같은 예언이 있었던 것 같고, 정황상 그렇게밖에 생각할 수 없군."

"이야기를 들어보면 우리는 그 괴물과 싸워 이기기가 무척 힘들 것 같아요."

"언데드가 된 황제도 못 이겼는데, 살아생전 전성기의 황제가 버거워했을 정도면 뭐……."

서문엽도 인정했다.

무기 영체화의 경지에 이르러서 더욱 강해지긴 했지만, 그럼에도 황제와 일대일로 이길 수는 없었다.

하물며 생전의 황제는 얼마나 괴물이었겠는가.

그야말로 신과 같은 괴력을 발휘하던 절대강자였을 것이다.

적어도 그쯤은 되어야 예언에 나온 그 괴물 우두머리와 싸워볼 만하다는 뜻인데…….

'아오, 끝판 왕 깬 줄 알았더니 새로운 보스 몹이 업데이트

된 꼴이네.'

최후의 던전조차 우스울 정도로 엄청난 스케일의 퀘스트가 새로 내려진 셈이었다.

그때 끝판 왕이었던 대사제가 지금은 동료가 됐는데도 여전히 승산이 막연한 수준이니 말 다했다.

"그렇다면 그 괴물을 불러내려는 첫 번째 상급 사제를 막는 것을 최우선으로 삼아야겠어요. 지금부터 저희는 첫 번째 상급 사제 일당을 추적해 소재를 파악하도록 할게요. 만약 발견한다면 오늘처럼 힘을 보태주셨으면 해요."

여왕의 부탁에 서문엽은 쾌히 고개를 끄덕였다.

"좋아. 싸울 일이 생기면 언제든 와주지. 아무래도 내가 구원자 맞는 것 같으니까."

황제만이 가능했던 무기 영체화를 서문엽이 해낸 것이 그 상징적인 증거가 아닐까 싶었다.

황제도 소멸하면서 떡하니 서문엽을 구원자라 지목했으니 아마 맞을 것이다.

그때 피에트로가 말했다.

"흔적을 추적하기가 쉽지 않을 거다. 공간 이동을 할 때 생긴 이동 흔적은 쉽게 사라지지 않지만, 능력이 뛰어난 자는 그 흔적을 지울 줄도 아니까."

"전에 우리가 만난 던전에서부터 시작하면 안 되나?"

"그곳은 추적할 만한 이동 흔적이 없었다. 놈들이 용의주도

하게 움직였으니까."

"그래도 아무것도 몰라 막연했던 때보다는 한결 나아요. 최선을 다해 조사해 보겠어요."

여왕이 말했다.

'가만, 작년인가 내 비밀 장소에 나타났던 지저인도 놈들과 한패이려나?'

서문엽은 개인 아지트 겸 창고로 삼았던 던전에 나타난 지저인을 떠올렸다.

그냥 냅다 죽여 버렸는데, 그때 서문엽은 예언에 대해 처음 들었더랬다.

서문엽은 곰곰이 생각하다가 입을 열었다.

"그러고 보니까 내가 여기 오게 된 본래 목적이 있었지?"

그 말에 여왕도 손뼉을 쳤다.

"맞아요! 자드룬의 씨앗을 어디서 구하셨는지 들으려고 초청했죠. 사정도 설명할 겸으로요."

"내가 개인 장소로 삼은 던전이 하나 있는데, 거기서 구했어. 웬 지저인 놈이 심어났더라고."

"지저인이요?"

"어, 등급은 붉은색 수준이었는데 걔도 죽기 전에 빛이 내리는 땅이 어쩌고 하더라."

"그냥 떠돌던 동족일 수도 있지만, 이 와중에도 자드룬의 씨앗 같은 것을 가지고 있었다면……."

"첫 번째의 수하일 가능성이 있지. 괴물은 주로 우리들 사제가 관리했으니까."

피에트로가 대신 답했다.

그는 눈을 빛내며 말을 이었다.

"그리고 붉은색 등급이면 자기 이동 흔적을 지울 줄 모른다."

"그럼 그쪽에서도 조사를 해보면 되겠네요. 정말 좋은 정보예요."

여왕은 화색이 되었다.

"휴, 그럼 이번 일은 일단 이 정도로 마무리된 건가?"

"네, 도와주셔서 감사해요. 서문엽 씨가 아니었으면 여기까지 진전시키지 못했을 거예요."

사실 다재다능한 피에트로가 가장 큰 도움이 됐지만, 그를 데려온 것도 서문엽이니 틀린 말은 아니었다.

"뭐, 인류의 안위도 달린 문제니 감사할 것까지는 없어."

"보답을 드리고 싶은데, 필요하신 게 있나요?"

여왕이 물었다.

서문엽은 어깨를 으쓱했다.

"글쎄? 딱히 생각나는 건 없네."

"돈이라도 드릴까요? 수십억 달러 정도는 드릴 수 있는데."

선뜻 어마어마한 금액을 제안하는 여왕.

깜짝 놀란 서문엽은 그제야 여왕이 배틀필드를 만들고 관리하는 세계 협회의 주인임을 상기했다.

"돈 좀 많이 벌었나 보네."

"네, 돈은 버는 대로 지상에 남아 있는 마력석을 매입하는데 썼어요. 저희 동족이 머물 수 있는 공간을 만드는 데 썼죠. 다행히 인간은 마력석을 활용하는 기술이 없어서 쉽게 모을 수 있었어요."

지저 전쟁 시절 초인들이 던전에서 가져온 마력석은 지상에 꽤 있었다.

그러나 그것을 활용하는 기술이 없었기 때문에 그냥 장식용 기념품 이상의 가치가 없었다.

연구하려 했던 국가 기관이 많았으나, 그마저도 서문엽이 최후의 던전을 무너뜨리면서 사라졌다. 더는 마력석을 구할 수 없었기 때문.

'나름대로 되게 열심히 살았구나.'

서문엽은 여왕의 노력에 감탄했다.

배틀필드로 선수들을 육성해 환란이 닥치더라도 인간이 이에 대응할 무력을 갖추도록 했다.

그리고 돈을 벌어서 떠돌이가 된 지저인들을 데려와 살 장소를 지상에 마련해 주었다.

빛이 내리는 땅에 인도하는 선지자의 역할을 톡톡히 해내고 있는 것이었다.

서문엽이 말했다.

"돈은 됐고, 얘를 데려갈게."

그러면서 피에트로를 불쑥 가리켰다.

피에트로는 고개를 갸웃거렸다.

"나를?"

"너, 나랑 배틀필드나 하자."

씨익 웃으며 제안하는 서문엽.

배틀필드에 대하여 설명을 들은 바 있었던 피에트로는 심드 렁했다.

"별로 내키지는 않는군. 본 실력을 발휘하면 내가 지저인이 라는 사실을 들킬 뿐이고."

"지저인 같은 짓거리만 안 하면 되지."

"……."

"인간은 오러로 몸을 보호하거나 무기에 주입하거나 초능력 을 쓰는 것 외엔 오러를 활용 못 해. 그러니까 지저인처럼 오 러를 자유자재로 만지지 못한다고. 그러니까 딱 공간 이동하 고 영령의 일격만 쓰면 될 거야."

손가락을 까닥거리며 사람을 일으켜 세우거나 영혼을 뽑아 내거나 죽은 영혼을 불러오거나 하는 짓은 해서는 안 된다는 뜻이었다.

"내가 왜 그래야 하는지 모르겠다."

그 말에 서문엽은 인상을 일그러뜨렸다.

"야 이 새꺄, 너 나한테 빚진 거 있어, 없어?"

"…있다."

"전범 새끼가 겨우 이 정도 가지고 죗값 다 치렀다고 주장할 건 아니지?"

"그렇지는 않다. 그런데 내가 죗값 치르는 일과 너와 함께 배틀필드를 하는 게 무슨 상관이냐?"

"인마, 환란이 닥쳤을 때를 대비해서 실전 훈련을 좀 해야 할 거 아냐! 인간하고 함께 싸워야 할지도 모르는데, 미리부터 호흡 맞춰 싸우는 법도 터득해야지?"

"……."

피에트로는 영 내키지 않는 표정이었다.

그러나 고민 끝에 그가 입을 열었다.

"좋다. 어차피 이곳에서 동족들과 함께 지내기도 거북했다. 지저로 돌아가 첫 번째를 추적하며 지낼까 생각도 했다만, 다시 빛이 없는 곳으로 돌아가고 싶지도 않고. 갈 곳이 없으니 널 따르는 게 그나마 낫겠지."

"그래, 인마. 나한테 신세 진 것도 갚아야지."

"……."

그리하여 피에트로는 서문엽과 함께 한국에 가기로 했다.

물론 피에트로 아넬라의 본래 신분이었던 세계 협회 직원 자리도 사직하기로 했다. 그 부분은 여왕이 알아서 처리하기로 했다.

'흐흐흐, 선수 영입했다.'

지저인임을 들키면 안 되니 모든 능력을 다 발휘하지는 못

하지만, 그렇다 해도 최소한 톱3 수준은 충분히 될 초특급 선수의 영입이었다.

서문엽은 피에트로와 함께 공항에서 비행기를 타고 한국으로 돌아갔다.

귀국길에 서문엽은 피에트로에게 신신당부했다.

"그 뭐냐, 황제랑 싸울 때 영령 대신 사령을 불렀잖아."

"그렇다."

"영령의 일격 쓸 때 그거 하면 안 된다. 난리 나."

"시체를 언데드로 되살리는 것도 안 되나?"

"돌았냐? 나 전직 대사제요, 광고를 하지 그러냐."

"그럼 대체 뭘 하라는 건가?"

"말했잖아! 공간 이동, 영령의 일격! 딱 두 개만 해."

"영령의 일격을 알아보는 인간도 있을 것 같다만."

그러고 보니 그랬다.

최후의 던전에서 함께 싸운 7영웅 동료들은 영령의 일격을 알아볼 터였다.

서문엽은 손을 휘휘 저었다.

"됐어, 괜찮아. 걔들은 무시해도 돼."

전직 대사제였지만 몸은 엄연한 인간이었다. 설마 사람더러 대사제 아니냐고 의혹을 제기하겠는가?

무언가 의문을 느끼더라도 서문엽과 함께 있는 것을 보고는 어떤 사정이 있겠지 하고 말 터였다.

한국.

귀국한 서문엽은 피에트로를 집에 데려갔다.

물론 백제호의 집이었다.

"자, 이쪽은 피에트로 아넬라. 전에도 봤지?"

"세계 협회 직원이시잖아. 그런데 이곳엔 또 왜 함께 왔어? 볼일 다 보고 온 거 아냐?"

백제호는 서문엽이 일주일 만에 피에트로를 데리고 돌아오자 의문을 느꼈다.

피에트로는 백제호를 알아보고는 말했다.

"그때 순간 이동 쓰며 촐싹대던 인간이군. 날벌레처럼 귀찮았지."

"예?"

어안이 벙벙해진 백제호.

서문엽은 집주인인 백제호에게는 사실대로 말하기로 했다.

"얘 전직 대사제야. 대사제 기억나지?"

"무슨 소리야? 대사제라면 최후의 던전의 그 대사제밖에 모르는데."

"그래그래, 그 미치광이가 바로 얘야."

"…응?"

뭔 개소리를 하냐는 얼굴이 된 백제호.

서문엽은 자초지종을 설명해 주었다.

물론 예언이나 여왕, 황제에 대한 이야기는 쏙 빼고, 그냥 함정에 빠졌다가 언데드 대사제를 만났다고 설명했다.

"그러니까 세뇌된 아넬라를 죽이고 그 몸을 대사제가 차지했다?"

"어, 그 자식을 조종했던 지저인들은 다 죽였어."

"이제 와서 지저인들이 널 왜 습격해?"

"복수를 하려고 했나 보지."

백제호는 설명이 뭔가 빈약하다고 여겼다.

"뭔가 큰일이 난 건 아니야?"

"인마, 형도 큰일 좀 났으면 좋겠다."

"으음……."

백제호는 피에트로를 빤히 쳐다봤다. 눈앞에 있는 이 이탈리아인이 대사제라니 선뜻 와닿지 않았다.

"못 믿는 눈치군."

대사제는 검지를 까닥했다.

파앗!

허공에 마법진이 떠올랐다.

"허억! 대사제 맞잖아!!"

백제호는 거의 경기를 일으키듯이 질색하며 소리를 질렀다.

말은 안 했지만 백제호는 최후의 던전에 트라우마가 있었다.

끊임없이 도사리던 위험에 대한 공포와 친구를 잃은 충격이 겹쳐진 후유증이었다.

일상생활에 지장은 전혀 없었다. 지금처럼 대사제와 맞닥뜨리는 게 아니라면 말이다.

백제호는 서문엽을 외진 곳으로 잡아끌었다.

"야, 너 지금 나더러 대사제랑 한집에서 살라는 거냐?"

"좀 민폐인가?"

"민폐지! 난 내 아내가 대사제와 함께 집에 있다는 것만으로도 찜찜해서 못 살아!"

"쳇, 알았어. 나가 살든가 해야지."

일단 피에트로는 YSM의 클럽하우스 선수 숙소로 보내기로 했다.

*   *   *

한국 협회에 연락해 피에트로를 선수 등록시켰다.

그러고는 YSM에 입단.

계약금 없이 연봉 1억 원, 계약 기간은 7년으로 설정했다.

피에트로가 돈에 아무 관심도 없었기에 그 틈을 노려 사기 같은 계약을 체결한 것이다.

하지만 사정을 모르는 감독, 코치진, 선수들 입장에서는 뜬금없이 억대 연봉을 받는 50대 신인 선수의 등장이었다.

"구단주님, 저 선수에 대해 설명을 듣고 싶습니다만."

가브리엘 감독이 물었다.

"아아, 그렇지. 자, 인사들 나눠. 여기는 프랑스 출신의 엘리트 지도자 가브리엘 사나 감독. 그리고 이쪽은 세계 협회 직원이었다가 배틀필드 선수를 하기로 한 대형 신인 피에트로 아넬라다."

"으음, 세계 협회 직원이셨다고요?"

가브리엘 감독이 미심쩍은 눈길로 피에트로를 쳐다봤다. 피에트로는 가볍게 고개를 끄덕일 뿐이었다.

장래가 기대되는 유망주도 아니요, 그렇다고 열심히 해보겠다는 열의도 보이지 않는 선수.

"나이가 어떻게 되십니까?"

"54세."

피에트로는 육신의 나이를 그대로 일러주었다.

"혹시 배틀필드 경력은 있습니까?"

"없소."

"젊었을 적에 던전을 공략해 본 경험은?"

"없소."

던전을 만들고 지켰던 경력은 풍부하지만, 공략한 경험은 없었다.

가브리엘 감독은 서문엽에게 해명을 해보라는 눈빛을 보냈다.

서문엽은 씨익 웃으며 말했다.

"말로 설명하는 것보다는 입단 테스트를 해보는 게 빠르겠지?"

"그렇군요. 그럼 가볍게 사냥을 시켜보도록 하겠습니다. 필요한 장비는?"

"필요 없소."

쿨하게 대답한 피에트로는 바로 접속 모듈에 들어가 던전에 접속했다.

던전은 망자의 미궁.

방과 계단들이 얼키설키 복잡하게 이어진 미궁으로, 최하층에 왕과 신하들이 모셔진 던전이었다.

―여기군. 기억난다.

스크린에 비춰지는 피에트로는 던전을 둘러보다가 고개를 끄덕였다. 대사제 시절에 와본 기억이 있는 모양이었다.

서문엽이 마이크에 대고 말했다.

"거기 최하층에 최종 보스 몹이 있을 거야. 곳곳에서 스켈레톤이 나타나니까 조심하고."

―최하층인가. 알았다.

그렇게 대꾸하더니.

파앗!

"엇?"

가브리엘 감독이 당혹성을 내뱉었다.

피에트로가 공간 이동으로 바로 최하층에 도달한 것이다.

크어어어!!

최하층에 잠들어 있던 왕이 깨어나 분노를 토했다.

화려하게 치장한 스켈레톤 왕.

우오오!!

크오오오!

거기에 둥그런 외벽에 뚫린 구멍에서도 관이 열리고 스켈레톤 신하들이 나왔다.

왕 하나도 어마어마한 오러를 가졌는데, 신하들 또한 무려 19명.

그러나 피에트로는 눈 하나 깜짝하지 않고 곧바로 영령의 일격을 펼쳤다.

콰콰콰콰콰콰콰쾅!!

오러의 폭풍이 일대를 휩쓸었다.

마법진에서 튀어나온 사람 형상의 오러 덩어리들이 제각기 멋대로 날아다니며 모든 적을 공격했다.

전부 쓸어버리는 데 10초도 걸리지 않았다.

―이제 됐나?

피에트로는 덤덤히 물었다.

바깥에서는 가브리엘 감독은 물론 최동준 수석 코치를 비롯한 코치진도 경악한 표정이었다.

"오케이, 이제 나와."

서문엽의 말에 피에트로는 접속을 끊고 밖으로 나왔다.

피에트로는 가브리엘 감독과 코치진의 경악 어린 눈길을 한 몸에 받았다.

가브리엘 감독이 떨리는 목소리로 서문엽에게 물었다.

"대체 그건 뭡니까?"

"공간 이동하고 다른 건, 음……."

영령의 일격이라고 하려다가 영령은 지저인이 쓰는 개념이라 다른 단어를 고민해야 했다.

피에트로가 말했다.

"소환술이오."

"소환술?"

"오러로 전사의 형상을 만들어내 싸우게 하는 초능력이오."

"그런 초능력이 있었다니! 대체 당신은 이런 능력을 가졌는데 그 나이까지 뭐 한 겁니까?"

"공부를 하고 세계 협회에서 일했소."

덤덤히 대꾸하는 피에트로.

가브리엘 감독은 이런 괴물 같은 선수가 떡하니 나타난 게 믿기지 않았다.

"세계 협회? 겨우 사무직을?"

가브리엘 감독은 거의 따지듯이 말했다.

그럴 만도 했다.

'대뜸 최하층까지 가는 공간 이동에, 다 쓸어버리는 소환술이라니. 이건 로이 마이어를 능가하잖아!'

이런 역량을 가져놓고는 배틀필드 선수를 안 하고 사무직이나 하고 있었다니?

척박한 한국에서 어떻게든 선수를 키우려고 노력 중인 그
로서는 재능 낭비의 끝장을 본 기분이었다.

가브리엘 감독은 숨을 고르며 마음을 진정시켰다.

"좋습니다. 지금이라도 선수가 되고자 하시니 다행입니다.
YSM의 일원이 되신 것을 환영합니다."

"감사하오."

"그런데 아직 아바타 등록을 안 하셨을 테지요?"

"그렇소."

"역시나."

가브리엘 감독은 한숨을 쉬며 설명했다.

"방금 보여주신 두 초능력은 제한 대상이 틀림없습니다."

"역시 그런가?"

서문엽의 물음에 가브리엘 감독은 고개를 끄덕였다.

"대뜸 적진으로 공간 이동한 뒤, 소환술로 다 쓸어버리면
경기가 몇 초 만에 끝날 것 같습니까?"

"…1분이면 충분하려나?"

이렇게 따져보니 서문엽도 그제야 피에트로의 능력이 지나
치다는 것을 깨달았다.

"공간 이동의 거리나 횟수에 제한이 생길 것 같고, 소환술
의 위력도 마찬가지입니다. 하지만 그렇게 조율된다 해도 여
전히 톱3에 들 만한 실력입니다."

놀란 것도 잠시.

가브리엘 감독은 기쁨으로 흥분한 표정이 되었다.

"피에트로 씨와 구단주님 투톱이면 올 시즌 리그 우승은 당연한 것이고, 내년부터 참가하는 아시아 챔스 우승도 노려 볼 만합니다."

"월드 챔스까지 노려보자."

서문엽이 단호히 말했다.

"월드 챔스까지요? 물론 대진 운이 좋으면 8강은 가능하겠습니다만."

월드 챔피언스 리그.

각 대륙별 챔피언스 리그에서 상위 팀을 선별하여 총 16개 클럽이 자웅을 가리는 대회였다.

사실상 그 해 세계 최고의 클럽을 가리는 최대의 대회다.

명문 클럽들이 피 튀기는 경쟁을 벌이는 곳이고, 올해의 선수상 선정에 가장 큰 영향을 미치는 대회이므로 톱3라 일컬어지는 선수들의 킬 경쟁도 대단했다.

아메리카 챔피언스 리그에서 4팀.

유럽 챔피언스 리그에서 6팀.

아시아 챔피언스 리그에서 3팀.

아프리카 챔피언스 리그에서 3팀.

그렇게 16개 클럽이 선정되어서 월드 챔스에 참가한다.

16강전에서는 같은 대륙 클럽끼리 만나지 못하게 모두 흩어지므로, 같은 아시아 클럽은 만날 수 없다.

"16강전에서 아프리카의 클럽을 만난다면 8강은 가능합니다. 물론 요즘은 아프리카 쪽도 기량이 무섭게 향상되고 있어 경계해야 하지만요."

"내년에 거기서 4강 이상 가보자."

서문엽이 포부를 드러냈다.

사실 마음 같아서는 우승하자고 큰소리 떵떵 치고 싶은데, 영국 대표 팀과 A매치를 해보고서는 혼자서 용을 써도 안 되는 건 안 된다는 걸 깨달았다.

물론 피에트로도 있고, 사니야가 잘 성장한다면 더 승산이 생긴다. 서문엽이 노리는 것도 이 부분이었다.

"그래도 선수 보강이 더 필요합니다. 그런데 월드 챔스에서 먹힐 만한 선수가 과연 우리 팀에 올지는 장담 못 하겠습니다."

YSM은 이제 한국의 1부 리그에 승격한 팀이었다.

물론 전반기 시즌을 승승장구하고 있지만, 한국 프로리그의 수준이 꽤나 하위권이라는 점을 감안하면 주목받기 어렵다.

그나마 서문엽이 있으니 세계의 관심을 받는 정도?

"우리가 월드 챔스를 노릴 수 있는 팀이라는 것을 보여준다면 어떨까? 연봉과 상관없이 월드 챔스 무대에 나가보는 게 꿈인 선수도 있을 거 아냐?"

서문엽이 제안했다.

"더 구체적인 이야기를 듣고 싶군요."

가브리엘 감독은 눈을 빛냈다. 가능성 있는 이야기였다. 실력과 명성이 있어도 월드 챔스와는 인연이 없는 일류 선수들이 꽤 많았으니까.

서문엽은 피에트로를 가리켰다.

"이 친구를 선수 등록되는 대로 바로 출전시키자. 감추지 말고 실력을 유감없이 보여주는 거야. 아주 센세이션이 일어나도록 말이야."

"우리 클럽이 엄청난 주목을 받겠군요. 구단주님에 이어 또 톱클래스의 선수가 생겼으니까요."

"그래. 그리고 이 정도 팀이면 아직 작은 클럽이지만 월드 챔스 진출은 어렵지 않겠다는 전망이 들겠지."

"그럼 그걸 빌미로 월드 챔스 무대를 원하는 선수를 데려온다? 좋은 생각입니다. 실제로 월드 챔스를 위해 클럽을 옮겨 다니는 선수들이 꽤 있습니다. 선수라면 누구나 그런 위대한 무대에서 활약하고픈 꿈이 있으니까요."

가브리엘 감독의 설명에 따르면, 월드 챔스에서만이 쓰이는 던전들이 따로 있다고 한다.

오직 월드 챔스에서만 뛸 수 있는 던전!

그중에는 인류의 승리를 결정지은 전설의 장소, 최후의 던전도 포함되어 있다.

그 던전들은 월드 챔스에 진출하지 않고서는 평생 가볼 수 없기 때문에, 선수들의 동경심이 매우 크다고 한다.

"좋았어! 그럼 일단 선수 등록부터 하자. 당장 협회에 전화해! 아냐, 내가 할게."

서문엽은 바로 핸드폰을 꺼내 전화를 걸었다.

―웬일로 전화를 다 하셨어?

전화를 받은 상대는 바로 박진태 협회장이었다.

"선수 등록을 해야 하는데 아바타도 등록해야 해요. 세계 협회 연락해서 사람 보내줘요."

―…지금 고작 선수 등록 때문에 협회장인 내게 전화했다고?

"네. 뭐 불만 있어요?"

―네게 불만은 산처럼 쌓였지. 넌 아마 지구상에서 나를 가장 얕잡아보는 놈일 거다.

"섭섭한 소리 하시네. 이번에 등록할 선수가 엄청난 물건이에요. 데뷔한 순간 월드 스타가 될 걸요?"

―우리나라 선수야?

"아뇨, 국적은 이탈리아인이죠."

―실력이 어느 정도기에 네가 그런 소리까지 해?

"음, 낮게 잡아도 로이 마이어?"

―헉!

박진태 협회장이 깜짝 놀랐다.

"앞으로 엄청난 거물이 될 텐데, 미리 편의 좀 봐주셔서 점수를 따시죠? 월드 스타가 되면 한국 협회장 따위는 만나고 싶어도 쉽게 못 만날 텐데."

─내가 별소리를 다 듣는군. 알았다. 네가 그렇게까지 말하
니 처리해 주마.

"땡큐요."

─그나저나 네가 세계 협회장을 만났다는 소문이…….

뚝.

서문엽은 자기 용건만 마치고 전화를 끊었다.

일 처리는 전광석화였다.

이틀 후에 바로 세계 협회에서 직원을 보내온 것.

한국 협회는 물론, 세계 협회까지도 서문엽의 편의를 많이
봐주었기 때문이다. 여왕의 배려라고 해도 과언이 아니었다.

콰콰콰콰쾅!!

스크린에 영령의 일격을 펼치는 피에트로의 가공할 활약이
보였다.

"허억!"

어떤 선수인지 직접 구경하러 온 박진태 협회장은 심장 마
비라도 당한 표정이 되었다.

"Oh my god!!"

세계 협회 직원도 기겁하기는 마찬가지.

"죄송하지만 이 정도의 위력을 가진 초능력은 슈란 씨의 소
멸 광선 이후 처음입니다! 이렇게 놀란 것도 서문엽 씨의 불
사 능력 이후 오랜만이고요."

"당장 페널티를 가하겠다는 말로 들리는데?"

서문엽이 따지듯이 물었다.

세계 협회 직원은 어쩔 수 없다는 듯이 말했다.

"저걸 가만 놔둘 수도 없는 노릇입니다. 저건 너무할 정도예요."

"그래도 적당히 좀 합시다. 슈란 일로 중국에서 아직도 불만이 많다면서. 중국이 월드컵 우승을 못 하게 하는 음모라고."

"너무 염려하지 마십시오. 요즘 추세는 제한을 최소한으로 하자는 쪽으로 흐르고 있습니다. 그렇지 않아도 슈란 씨의 문제도 다시 재조정에 들어가고 있는 형편이고요."

"슈란이?"

서문엽의 눈이 커졌다.

"네, 슈란 씨가 아무래도 배틀필드에 대한 의욕이 생긴 모양입니다. 중국 협회에서 적극적으로 추진하고 있는데, 예전에 비해 현재 선수들의 평균적인 실력도 많이 발전했고, 이제 50%로 제한했던 위력을 좀 더 높이는 게 타당하다는 결론이 나왔습니다. 얼마나 더 높일지가 관건이지만요."

'그러고 보니……'

일전에 재회했을 때, 분석안으로 봤던 슈란의 능력치가 떠올랐다.

—대상: 슈란(인간)

—근력 50/53

—민첩성 71/71

—속도 67/67

—지구력 60/60

—정신력 40/40

—기술 59/59

—오러 100/100

—초능력: 소멸 광선, 위치 파악

그때 슈란은 이상하게 모든 능력치가 한계까지 개발되어 있었다.

배틀필드 선수를 할 것도 아닌데, 조용히 두문불출하던 애가 왜 저렇게 단련을 했는지 의아했다.

그 이유가 비로소 밝혀진 것이다.

'중국이 오래전부터 월드컵을 준비한 거구나!'

폐쇄성 때문에 세계의 트렌드와 동떨어진 중국 리그.

그러나 엄청난 숫자의 초인들을 보유했고, 독자적인 스타일을 구축하며 꾸준히 강국이라는 평가를 받아온 중국이 이제 정상을 노리고 있었다.

'슈란이 끼면 중국도 이기기 힘든 강팀이 될 텐데.'

그런데 그때였다.

"흠흠, 피에트로 선수?"

박진태 협회장이 접속 모듈에서 나온 피에트로에게 접근했다.

"혹시 앞으로 한국에서 쭉 거주할 생각이신지요?"

＊　　　＊　　　＊

"그렇소만."

피에트로의 간단한 대구에 박진태 협회장의 눈이 어느 때보다도 빛났다.

"일단 당신의 비자 문제는 쉽게 처리될 겁니다."

"고맙소."

"그런데 당신이 한국에 장기 체류를 할 생각이라면 더 좋은 선택지도 있습니다."

피에트로는 영문을 알 수 없다는 표정이 되었다.

그러나 서문엽은 박진태 협회장이 무슨 소릴 하려는지 깨달았다.

"아예 대한민국으로 귀화를 하시면 어떨까요? 의사만 있으시다면 저희가 정부와 협상을 통해 많은 혜택을 받아다 드리겠습니다."

"생각해 보겠습니다."

피에트로는 별반 관심 없는 표정으로 대구했다.

박진태 협회장은 순순히 물러나면서도 서문엽에게 강렬한

눈빛을 보냈다.

'설득해 봐. 이 친구만 데려오면 월드컵은 문제없어.'

'월드컵 때문에 이렇게까지 한다고?'

'월드컵에서 좋은 성적 내야 프로리그도 더 관심을 받지. 안 그러면 너 월드컵에서도 혼자 좆 빠지게 원맨쇼하고 싶냐?'

'좋은 생각이긴 한데. 알았어요.'

YSM은 해외에서 어떻게든 선수를 영입해서 강하게 만들 수 있다.

그런데 국가 대표 팀은 그럴 수가 없다.

다 거기서 거기인 국내에서 선수를 뽑아야 하는데, 아무리 고르고 골라봐야 강팀 상대로는 별 보탬이 안 된다.

그런데 바로 지금, 해외에서 선수를 영입할 수 있는 좋은 기회가 왔다.

어차피 피에트로야 딱히 오갈 데도 없는 처지.

이왕 서문엽이 데리고 있는 김에 귀화까지 시켜서 대표 팀에 데려온다면?

'중국만 제치면 아시아에서는 짱 먹을 수 있겠다.'

서문엽과 피에트로의 투톱이라면 월드컵에서 돌풍을 일으킬 수도 있는 조합이었다.

YSM을 키울 생각밖에 없었는데, 이제 보니 국가 대표 팀까지 키울 수 있는 절호의 찬스였다.

그렇게 아바타 등록을 위한 테스트는 끝났다.

피에트로는 YSM의 선수 숙소에서 거주하기로 했다.

주변이 조용하고 하늘이 잘 보여서 좋다며 피에트로도 그럭저럭 YSM의 클럽하우스에 만족감을 표했다.

강화도 산속에 처박힌 환경이 피에트로의 취향인 듯했다.

하기야 원래 지저인이었으니 인간들이 시끌벅적한 도시보다는 산골이 더 좋을 수 있었다.

*　　　*　　　*

피에트로의 아바타 등록이 완료되었다.

공간 이동은 최대 거리 3㎞에, 3분에 1회씩 사용 가능.

소환술이라고 명명한 영령의 일격은 위력을 20% 저하.

"생각보다 제한이 얼마 없네."

서문엽은 의외라고 생각했다.

가브리엘 감독이 말했다.

"이 정도로도 약팀은 단숨에 쓸려 나갈 테죠. 하지만 이 정도는 선수들이 극복해야 한다고 세계 협회가 판단한 모양입니다."

"20%라……."

서문엽은 곰곰이 생각에 잠겼다.

"뭔가 마음에 걸리는 점이라도 있으십니까?"

가브리엘 감독의 물음에 서문엽이 답했다.

"피에트로의 영, 아니, 소환술은 슈란의 소멸 광선하고 위력 면에서 비슷하다고 보거든."

"그렇게 볼 수 있겠네요. 피에트로 선수의 소환술도 충격적일 정도의 위력이었으니까요. 소멸 광선은 일점, 소환술은 범위 공격이라는 점에서 차이가 있지만 저는 오히려 소환술이 더 한 타 싸움에서 활용도가 높다고 생각합니다."

소멸 광선의 위력은 세간에 잘 알려져 있다.

슈란의 아바타 테스트 영상은 유튜브의 인기 동영상 중 하나였으니까.

손가락이 향하는 대로 소멸 광선이 움직이며 괴물들을 죄다 쓸어버리는 어마어마한 영상!

그것 하나로 중국은 자신들이 배틀필드 최강국이라는 자부심을 갖고 있었다.

슈란만 있었으면 최고의 자리는 중국의 것이었다고 주장하는 것이다.

"그런데 소환술이 20%만 제한됐다면, 슈란의 페널티도 그 정도 선으로 완화될 거란 얘기지."

"20% 저하된 소멸 광선이라면, 그것만으로도 무섭군요. 어쩌면 톱3가 톱6로 늘어날지도 모르겠습니다."

"피에트로랑 나까지?"

"그렇죠."

서문엽은 피식 웃으며 손사래를 쳤다.

"에이, 너무 과대평가하는 거 아냐?"

"구단주님은 충분히 그 정도의 위치입니다. 영국전 A매치에서 증명됐고요."

"아니, 그게 아니라 다른 애들을 너무 과대평가하는 거 아니냐고."

서문엽은 정색을 하며 말했다.

"내가 원톱이고 나머지가 2등 경쟁 아냐?"

"……."

가브리엘 감독은 할 말을 잃었다. 어쩐지 구단주답지 않게 겸손을 떠나 싶었다.

"걔 다른 선수들이랑은 잘 지내?"

"예, 말수가 워낙 적어서 아직 친해질 기미는 없지만 적어도 불협화음은 없는 모양입니다."

"응, 걔한테 그런 거 기대하지 마. 그냥 내버려 둬도 돼. 어차피 경기 때는 지 할 일 잘할 테니까."

"예, 그래도 이나연 선수와는 친해진 것 같습니다."

"잉? 넷티랑?"

스틸 소녀 넷티와 전직 대사제의 조합이라니.

상상이 가지 않는 한 쌍이었다.

"걔네가 친해질 수가 있나?"

"평소에 늘 같이 옥상에 있습니다. 이나연 선수는 쌍안경으로 동물을 찾아보고, 피에트로 선수는 하염없이 하늘만 올려

다봅니다."

"아······."

서문엽은 그제야 피식 웃었다.

이나연이 자꾸 말을 붙이려 하고, 피에트로는 적당히 대꾸해 주는 그림이 그려졌다.

문득 서문엽은 좋은 생각이 떠올랐다.

"그 두 사람 말이야. 다음 경기에 투입해 보자."

"생각나신 전술이라도 있으십니까?"

"전술이랄 것까진 없고. 넷티가 사냥감을 훔치는 도둑이라면, 피에트로는 보스 몹도 훔칠 수 있는 도적이란 말이지."

"공간 이동과 소환술이라면 가능하겠군요."

소환술이라면 웬만한 보스 몹은 한 방에 즉사였다. 위력이 20% 저하됐다 하더라도 말이다.

"피에트로가 계속 공간 이동과 소환술로 보스 몹을 뺏어먹는다고 생각해 봐. 오러야 조승호한테 충전받으면 되잖아?"

"아······."

가브리엘 감독은 감탄했다.

이나연이 계속 점프를 해대며 괴롭히는데, 모르는 사이에 그 지역 보스 몹을 피에트로가 계속 빼먹는다?

이건 상대 팀의 멘탈이 붕괴할 만한 플레이였다.

"소환술 한 방 날릴 오러는 남겨놨다가 한 타 싸움 때 쓰면 되고."

"그 전술 하나로도 한국 프로리그는 충분히 재패할 수 있을 것 같습니다."

솔직히 서문엽이 경기에 출전하는 것과 진배없었다.

로이 마이어와 견주어도 피지컬 외에는 밀리지 않는 피에트로였으니, 출전시키기만 하면 무슨 전술을 쓰건 한국의 프로 팀은 다 이긴다.

'하지만 어디까지나 목적은 피에트로 아넬라라는 선수의 존재를 세계에 알리는 것이지.'

한국 선수를 상대로 킬을 쓸어 담아봤자 양민 학살이라며 평가절하당할 우려가 있다.

하지만 보스 몹이 상대라면 정확한 평가가 가능하다.

어느 나라 리그건 던전의 보스 몹은 똑같기 때문이다.

"던전의 최종 보스까지 처치해 버리는 장면이 나온다면 더 좋겠군요."

"그래. 우리 팀에 이런 선수까지 있다는 걸 확실히 보여줘야 해."

YSM이 월드 챔스를 노리고 있다는 걸 보여줘야 한다.

그래야 이적 시장이 열릴 때 월드 챔스 무대에서 뛰기를 원하는 선수를 영입할 수 있다.

"그런데 유럽에서 일류 선수를 데려오려면 클럽의 시설이나 숙소도 대대적인 보강이 필요합니다."

가브리엘 감독이 말했다.

"그도 그러네."

산골까지는 그렇다 쳐도, 지금의 선수 숙소로는 유럽에서 호화로운 대접을 받던 선수들을 만족시킬 수 없었다.

당장 YSM의 선수들도 생활에 큰 불만은 없다지만, 자기들 끼리 숙소를 원룸텔이라 부르고 다닐 정도였다.

숙소에서 생활하지 않고 출퇴근을 해도 되지만, YSM의 클럽하우스는 강화도 산골에 위치해서 근처에 구할 집이 별로 없었다.

"빌라나 몇 채 지어버릴까?"

서문엽은 그렇게 중얼거렸다.

세계적인 클럽으로 만들려면 언제까지고 원룸텔이라 불리는 숙소를 제공해서는 안 된다.

호화 빌라 몇 채를 지어서 선수들에게 하나씩 제공하면 그럭저럭 기본적인 선수 대우는 된다.

'아예 앞에 편의점도 차려서 클럽에서 운영하고, 집집마다 살림하는 사람하고 시설 관리인도 붙여주면 그럭저럭 되려나?'

그러려면 돈이 필요했다.

*　　　　*　　　　*

2023년 전반기 프로리그 경기는 계속 진행되고 있었다.

YSM은 서문엽이 출전하지 않은 경기에서도 연승 행진을 거듭하며 KB−1의 1위로 독주하고 있었다.

2위로 쫓아오고 있는 클럽은 전통의 강자였던 쌍성 스피리츠.

그러나 쌍성 스피리츠는 YSM을 만났다 하면 대패를 당해서 우승 경쟁을 하고 있다고 보여지지가 않았다.

왜냐하면 쌍성 스피리츠가 상대다 하면 서문엽이 출전했기 때문이다.

승점 차이도 9점 이상 나고 있어 YSM의 리그 우승은 탄탄대로로 보였다.

2부 리그에서 승격되자마자 우승을 노리게 되었으니 놀라운 기세였지만, 사실 이를 놀라워하는 팬들은 없었다.

─어차피 포스트시즌 되면 서문엽 출전할 거잖아.

─선수들에게 맡기고 더그아웃에서 놀다가, 질 것 같으면 냉큼 투입되겠지.

─근데 서문엽이 없어도 되게 강해졌다. 서문엽 진짜 선수 보는 눈도 미친 것 같다.

─어떻게 영입한 선수마다 잘되지? 이쯤이면 이것도 초능력 아님?

─최혁은 쌍성 스피리츠 소속이었는데, 팀 옮기고 탱커 되자마자 국가 대표ㅋㅋ

―쌍성 왜 이렇게 불쌍하지ㅋㅋㅋㅋ

서문엽이 있는 팀인데 설마 우승 못 하겠냐는 팬들의 반응.

이 생각은 영국 통합 대표 팀과 A매치를 치르면서 더욱 확고해졌다.

그 영국을 상대로 혼자 로이 마이어와 맞붙으면서 21킬을 했다. 영국 통합 대표 팀도 서문엽 하나 때문에 고전했는데, KB―1 팀들이 무슨 수로 이기냐는 것이었다.

양민 학살 그만하고 오는 여름 이적 시즌이 되면 어서 해외로 떠나 버리라고, 다른 클럽의 서포터들은 기원했다.

그런데 오히려 YSM은 시즌 중에 해외에서 새 선수를 데려왔다.

피에트로 아넬라.

54세의 이탈리아인, 전 배틀필드 세계 협회 직원, 배틀필드는 한 번도 해본 적 없음.

이 기이한 프로필은 모두를 의문에 휩싸이게 했다.

서문엽이 직접 데려왔다고 하니 분명 뭔가가 있긴 한 건데, 대체 어떤 선수일지 짐작이 안 갔다.

몇몇 전문가는 조승호와 같은 서포터일 거라고 추측했다.

조승호처럼 전투력은 전혀 없지만 팀에게 큰 도움이 되는 유용한 초능력을 가진 게 아니겠냐는 추측이었다.

서포터라는 포지션이 점점 사라져 가는 추세에 역행하는

일이지만, 54세의 신인 선수가 서포터 아니면 무엇이겠냐는 주장이라 가장 그럴듯했다.

—YSM과 화성 실드와의 경기 1세트입니다. YSM에서 얼마 전에 등록을 마친 피에트로 아넬라 선수가 출전하네요.

—무기도 방어구도 하나도 장비하지 않았습니다. 그냥 배틀슈트만 입고 있는데, 참 특이한 선수입니다. 역시나 서포터일까요?

—그럴지도 모르죠. 아예 전투력이 없으니 무장 자체가 의미 없다 판단돼서 저런 차림으로 나왔다면 이해가 가죠. 자, 경기 시작됩니다!

경기가 시작하자마자 이나연은 상대 진영으로 쏜살같이 달려갔다.

그런데 돌연 피에트로 역시 공간 이동으로 사라지더니, 상대 진영 인근에 나타났다.

화성 실드 측 선수들이 사냥하는 지역의 보스 몹이 있는 곳이었다.

—엇? 공간 이동 능력자였나요? 굉장히 긴 거리를 단번에 이동했습니다!

—저긴 보스 몹이 있는 곳인데 혼자서 갔습니다!

시이이익……!

철갑을 두른 거대한 뱀처럼 생긴 보스 몹 세르펜이 피에트로를 탐스러운 먹이 보듯 쳐다봤다.

이윽고.

파파파파팟!

피에트로는 가볍게 마법진을 4개만 만들었다.

상대가 겨우 세르펜인데 영령의 일격을 풀 파워로 펼칠 이유가 없었다.

콰콰콰콰콰쾅!!

시이익! 시익!

영령들에게 얻어터지면서 세르펜은 고통에 몸부림쳤다.

그러나 곧 피투성이가 되어서 세르펜은 축 늘어졌다.

─1구역이 붕괴됩니다. 60초, 59초, 58초…….

보스 몹이 죽자 해당 지역이 붕괴되기 시작했다.

─저, 저게 뭡니까?! 세르펜을 단숨에 사냥해 버렸습니다!

─서, 서포터가 아니라 원거리 딜러였습니다! 그, 그것도 엄청난 원거리 딜러요!

이나연의 견제에 시달리던 화성 실드 선수들은 갑자기 사냥하던 지역이 붕괴된다는 안내가 나타나자 혼란에 빠졌다.

사냥도 제대로 못 했는데 해당 지역에서 탈출해야 했던 것이다.

피에트로의 충격 데뷔전이었다.

* * *

1세트 11-0.

2세트 10-0.

한 신인 선수가 데뷔했고, 화성 실드는 그 데뷔전 상대치고는 너무 처참하게 패배했다.

1세트, 화성 실드는 보스 몹을 전부 빼앗겼다.

공간 이동과 영령의 일격으로 화성 실드 진영의 보스 몹을 계속 빼먹었기 때문이다. 화성 실드는 속수무책으로 성장이 마비되어 완패했다.

2세트는 아예 초장부터 한 타 싸움을 걸며 승부수를 띄웠지만, 피에트로의 9킬만 만들어주며 대패했다.

그렇게 피에트로 아넬라라는 이름이 배틀필드계에 널리 알려졌다.

비록 KB-1의 경기일 뿐이었지만, 유튜브 등을 통해 하이라이트 영상이 유포되면서 전 세계 팬이 관심을 갖게 되었다.

초능력의 파괴력만큼은 로이 마이어 이상이다.

피지컬이 약점인 것 같지만, 저 정도면 피지컬이 필요 없지.

저런 초능력을 갖고서 왜 여태껏 배틀필드를 안 했지?

늦은 나이에 초능력을 각성했나? 어찌 됐건 잡는다!

업계 전문가들은 피에트로의 가치를 한눈에 알아보았다.

그 이후에도 피에트로는 계속 경기에 출전했다. 나갈 때마다 킬과 MVP를 휩쓸었다.

세계 유수의 명문 클럽들이 스카우터들을 보내기 시작했다.

경기장에 점점 많은 스카우터들이 자리 잡았다.

국내 배틀필드 팬들도 새로운 선수의 등장에 호기심을 갖고 경기장을 찾았다.

YSM의 경기는 늘 만원이었다.

MVP 인터뷰를 할 때마다 피에트로는 늘 말했다.

"목표는 월드 챔스입니다."

그 발언은 해석의 여지가 있었다.

'월드 챔스에 진출할 수 있는 팀에 가고 싶은 거구나.'

'그럼 우리 팀에 와야지.'

'좋아, 저 선수를 영입해서 월드 챔스 우승을 노린다.'

결국 빅 리그의 수많은 팀이 피에트로에게 관심을 공개적으로 드러냈다.

〈파리 뤼미에르 고핀 감독 '피에트로 아넬라, 우리의 마지막 퍼
즐 될 것'〉
〈파리 뤼미에르 구단주 장 모로 '나단—치치—피에트로 편대
구상 중'〉
〈LA 워리어스도 피에트로에 관심 표명 '꼭 영입할 것'〉
〈뉴욕 베어스, 베를린 블리츠 등 강팀들 잇달아 피에트로 아넬
라에 관심〉
〈폭풍의 핵, 피에트로 아넬라는 누구?〉

에이전트들도 피에트로에게 줄기차게 접촉을 해왔다. 이번
여름 이적 시장 최고의 대어가 될 확률이 높았기 때문이다.
서문엽이 YSM을 떠날 생각이 없다면 말이다.

피에트로는 귀찮아서 아예 핸드폰을 없애 버렸다.

"인마, 그렇다고 핸드폰을 버려?"

"내게 용건이 있으면 이나연에게 전화해라."

"둘이 사귀냐?"

"너를 제외하면 유일하게 교류하는 인간이니까. 그리고 귀
찮은 일 좀 안 생기게 할 수는 없나?"

"핸드폰도 버리고 경기 외에는 클럽하우스에만 처박혀 있
는 놈이 귀찮을 게 뭐 있어?"

"경기장에서도 계속 접근하는 인간들이 있다."

피에트로는 눈살을 찌푸리며 말을 이었다.

"이게 뭐 하는 짓거린지 모르겠군. 내 능력을 온전히 보여 준 것도 아닌데 왜 이렇게 소란스럽나?"

"야, 그 정도면 인간 중에서는 톱급이야."

"하여간 네게 빚진 것도 없지는 않아서 시키는 대로 따랐다만, 이 이상 귀찮게 하면 다 그만두고 잠적해 버리는 수가 있다."

그 말에 서문엽은 뜨끔했다.

연봉은 고작 1억 원에 무려 7년 계약!

팀 홍보를 위해 선봉에 서서 매 경기마다 MVP 행진.

피에트로를 120% 이용해 먹으려는 서문엽의 야심이 들어간 결과였다.

서문엽은 헛기침을 하며 말했다.

"그럼 다음 경기에서 MVP 인터뷰하면 다른 팀에 갈 생각 없다고 확실히 말해. 에이전트도 필요 없으니까 연락 그만하라고 하고. 그러면 더는 귀찮게 안 할 거야."

"알았다. 그런데 한 가지 더 있다."

"또 뭔데?"

"이탈리아 협회에서 공문이 날아왔다는군."

"응?"

"날 이탈리아 국가 대표 선수로 뽑겠다고 한다."

"……."

서문엽은 꿀 먹은 벙어리가 되었다.

물론 예상 못 한 것은 아니지만 너무 빨랐다.

이탈리아도 10위 안에 드는, 손꼽히는 강팀이었다.

파리 뤼미에르 BC의 메인 탱커이자 숲을 사랑하는 흑인 청년 치치 루카스가 주장으로 있는 이탈리아 대표 팀.

치치 루카스를 필두로 발 빠른 탱커진과 딜러진이 엄청난 기동력으로 던전을 누비며 속도감 넘치는 플레이를 펼치는 곳이었다.

나단이 있는 프랑스 대표 팀과 함께 가장 빠른 스피드를 자랑한다. 그래서 프랑스와 이탈리아의 경기는 언제나 숨 막히는 명경기가 나올 정도.

그런 이탈리아에서 설마 아직 검증이 덜 된 54세짜리 신인 선수를 이렇게 빨리 국가 대표로 뽑을 줄은 생각 못 했다.

"미리 말하겠다만 나는 이탈리아와 한국을 왕복할 생각이 전혀 없다."

피에트로는 확고히 못 박았다.

공간 이동으로 드나들면 모를까, 출입국 수속을 위해 어쩔 수 없이 비행기 등의 정상적인 교통수단을 이용해야 했기 때문에 몹시 불편해했던 피에트로였다.

함께 한국에 올 때도, 이동도 자유롭게 못 하는 미개한 인간들이라며 험담을 얼마나 들었던가.

서문엽은 순간 박진태 협회장이 떠올랐다.

"야, 너 귀화할래?"

"상관없다. 아무튼 날 귀찮게 하지 않아야 한다."

"그래그래, 그럼 당장 귀화해라. 귀화하고 우리나라 대표 팀에 들어오면 내가 책임지고 너 귀찮게 하는 일 없도록 할게."

"그럼 좋다."

피에트로는 진심으로 아무 관심도 없었고 아무래도 좋았다.

약해 빠진 인간들 사이에 부대껴서 배틀필드를 하는 일에 별다른 의미를 갖지 못했다.

다만 이탈리아에 불려 다니느니 한국에서 소집되는 게 나았다. 대표 팀 감독이라는 백제호가 서문엽과 친하니 편의를 봐주겠지 싶었다.

며칠 후.

이번에도 경기에 출전해서 1, 2세트 MVP에 선정된 피에트로가 인터뷰를 가졌다.

"오늘도 대단한 활약을 하셨는데 소감 어떠십니까?"

"시시해서 별 소감이 안 듭니다. 게임이 안 되기 때문에 감독도 당분간은 경기에 내보내지 않겠다고 약속했습니다."

서문엽급의 싸가지가 엿보이는 오만한 피에트로.

"요즘 수많은 강팀의 주목을 받고 계신데요."

"한국을 떠날 생각이 조금도 없습니다. 돈도 관심이 없습니다. 그러니 클럽이든 에이전트든 연락 그만하십시오."

빅 리그에서 한숨을 쉴 법한 발언이었다.

"한국에 대한 애정이 각별하시네요. 어떻게 해서 한국에 오시게 된 건가요?"

"서문엽과 특별한 인연이 있어서 따라오게 되었습니다. 그렇지 않았으면 이 짓을 할 일도 없었겠죠."

"앞으로의 계획이 있다면?"

"한국에 귀화할 생각입니다. 다시 강조하지만 한국을 떠날 생각이 전혀 없으니 제게 관심을 끊어주십시오."

그렇게 서문엽이나 할 법한 돌 직구 인터뷰를 폭탄처럼 떨어뜨린 뒤에 피에트로는 유유히 퇴장했다.

그 인터뷰가 나가자 피에트로를 노리고 있었던 빅 클럽들은 시무룩해졌다. 저 정도의 능력이 있는 선수가 왜 하필 한국에 눌러앉기를 원하는지 이해할 수 없었다.

한국에 귀화까지 할 생각인 것을 보면 정말로 유럽 등 해외 진출에 생각이 없다는 뜻이었다.

거기다가 7년 계약에 연봉 1억이라니 웃기지도 않았다. 도리어 세계 협회 직원이었던 시절보다 더 적은 연봉이다. 돈에도 관심이 전혀 없고, 순전히 서문엽 때문에 싫은 선수 생활을 억지로 한다는 인상이었다.

빅 클럽들은 그저 실망만 할 뿐이었지만, 그보다 더 난리가 난 쪽은 이탈리아였다.

54년 평생 이탈리아인으로 살았던 사람이 왜 뜬금없이 귀화하겠다는 건지 알 수가 없었다.

심지어 그것도 하필 아무런 메리트도 없는 한국에 말이다.

정신 나간 피에트로를 데려와야 한다는 여론이 있었지만 속수무책이었다.

피에트로는 돈도 명예도 관심 없어 보였고, 심지어 배틀필드도 하고 싶어서 하는 눈치가 아니었기 때문이다.

한편.

―진지 빨고 글 씁니다. 감사합니다, 서문엽 형님. 영국전에서 혼자 외로운 싸움을 하시다가 이 새끼들 노답이다 싶으셨는지 아예 해외에서 선수를 하나 데려오셨네요.

―이쯤 되면 영입의 신 아닌가? 어디서 저런 선수를 찾아온 걸까?

―나이를 보건대 옛날 전쟁 시절에 인연이 있던 사람 아니냐? 특별한 인연이 있어서 한국에 따라왔다고 인터뷰에서도 말하잖아.

―피에트로 아넬라 선수의 귀화를 환영합니다. 한국식 이름은 백두호 추천합니다.

―우리야 그저 감사할 따름.

―늘 영입에 성공하시더니 이제 대표 팀에도 선수를 데려와주시네.

—야, 플레이 보니까 로이 마이어 따귀 후려치던데. 저런 선수가 우리나라 국가 대표 되는 거 실화냐?

대한민국은 그저 축제 분위기였다.

영국과 A매치 경기 때 아깝게 패배했던 일은 전 국민의 기억에 강렬하게 남았다.

그동안 삽질만 하던 대표 팀이 그 정도로 분전을 펼친 적은 처음이었다.

하지만 거의 서문엽 혼자서 팀 멱살을 잡고 접전까지 끌고 갔던 경기이기도 했다. 혼자서 미친 듯이 싸우는 서문엽의 고군분투에 혀를 내둘렀을 정도.

서문엽과 더불어 백하연과 최혁만 면죄부를 받았을 뿐, 다른 선수들은 전부 비판의 대상이 되었다. 서문엽을 뒷받침해 주는 선수가 있어야 한다는 여론이 팽배했지만, 대체 어디서 그런 선수를 찾는단 말인가?

바로 내년이 월드컵인데 이제 와서 선수를 발굴하고 키울 시간 따위 있을 리 없었다.

그런데 데려왔다.

아예 서문엽이 이탈리아에서 자신을 뒷받침해 줄 선수를 데려와 귀화시킨 것이다.

서문엽 원맨 팀은 영국을 혼자서 몰아붙였을 정도이니 위협적이긴 하지만, 서문엽만 잘 마크하면 되니 크게 두려울 것은 없었다.

그런데 피에트로가 합류하면 얘기가 달라졌다.

한국이 월드컵에서 이변을 연출할 수 있다는 전망이 쏟아져 나온 것이다.

이번 일로 서문엽이 월드컵은 물론 YSM의 월드 챔스까지 노리고 있다는 것이 확실해졌다.

그리고 YSM의 전력이면 충분히 월드 챔스 진출이 가능하다는 평가도 나왔다.

독특한 플레이를 보여주는 이나연과 조승호 페어도 최근 조금씩 해외에서 명성을 얻고 있었고, 무엇보다도 사니야 아흐메토바라는 카자흐스탄 선수는 대단한 유망주였다.

사니야의 재능을 한눈에 알아본 빅 클럽들이 문의를 해올 정도.

서문엽과 피에트로가 있는데 사니야까지 퍼텐셜을 터뜨린다면 월드 챔스는 충분히 노려볼 만했다.

대체 이런 선수들을 어디서 모았는지 서문엽의 영입 비결이 궁금할 따름이었다.

그렇게 화제가 많았던 전반기 시즌이 종료되었다.

1위로 전반기를 마감한 YSM은 벌써부터 우승을 예약해 둔 상황이었다.

거기에 피에트로의 합류로 관심이 집중되면서 YSM의 서포터가 크게 늘었다.

이는 티켓 판매로 이어지면서 서문엽의 지갑을 풍성하게 했다.

서문엽은 그 지갑을 열었다.

일단은 클럽하우스가 있는 산을 비롯하여 인근 땅을 매입했다. 그리고 건설업자를 불러다가 호화 빌라를 여러 채 짓기 시작했다.

선수들이 거주할 호화로운 숙소를 마련하겠다는 야심찬 포부였다.

물론 돈이 부족했기 때문에 백제호를 끌어들였다.

선수 숫자에 맞게 빌라를 지어주면 월세를 내겠다며 꼬셨다. 돈이라면 넘쳐나는 백제호라 쾌히 승낙했다. 사실 그냥 돈 내놓으라고 해도 줬을 터였다.

백제호를 끌어들인 꼼수로 돈을 아낀 서문엽은 슬슬 여름 이적 시장에 눈을 돌렸다.

'이놈의 나라는 더 이상 뒤져봐도 선수가 없어. 바로 해외로 나가자.'

서문엽은 바로 출국했다.

첫 목적지는 영국이었다.

A매치 때 봐둔 선수가 하나 있었다.

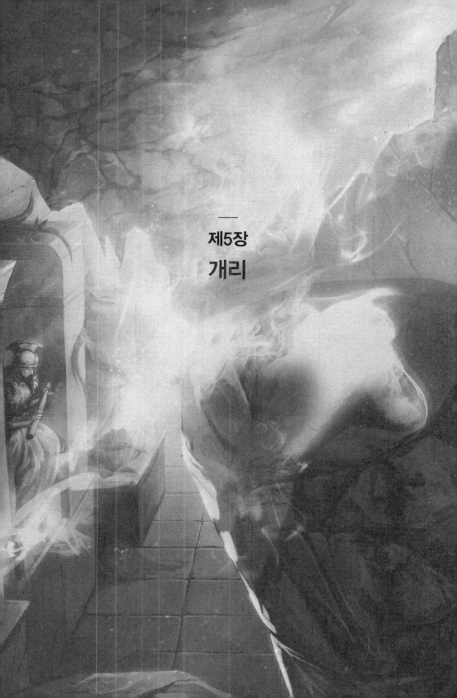

제5장
개리

런던.

영국에 도착하자마자 팬들에게 둘러싸였다.

"사인해 줘요!"

"서문!"

"영국은 무슨 일로 오신 거예요?"

서문엽은 덤덤히 사인을 해주면서도 의아함을 느꼈다.

'이 새끼들이 언제부터 날 좋아했다고 이러지?'

지저 전쟁 시대에 영국의 영웅 초인이었던 잭 브란트를 모욕한 일로 자신을 싫어한다고 알고 있었다.

타블로이드지가 하도 귀찮게 굴기에 짜증 나서 했던 말이지만, 아무튼 서문엽의 실수가 맞긴 했다.

그때 홧김에 함부로 말하기보다는 기자를 쥐어 패는 건데 경솔했다고 서문엽도 나름 반성은 했다.

아무튼 그 일로 자신을 싫어하는 영국인들이 이런 열광적인 환영은 무엇이란 말인가?

서문엽은 사진을 찍어달라고 요청하는 한 여성 팬에게 응해주며 물었다.

"댁들 나 싫어하지 않았어?"

"전에 A매치 경기 이후로 인기가 팍 올랐어요. 적이었지만 활약이 너무 인상적이었어요! 혼자서 21킬을 했잖아요! 경이롭다고 난리도 아니었다고요."

여성 팬은 가까이 밀착한 채 사진을 찍으며 재잘재잘 떠들었다.

"대중들은 참 알 수가 없군."

21킬을 하며 영국 선수들을 무참히 죽인 게 인상적이었나? 아니면 혼자 개고생을 하는 게 안쓰러워서 동정 여론이라도 일었나?

아무튼 A매치 이후로 서문엽에 대한 영국 여론이 바뀐 것은 사실 같았다.

저녁 늦은 시각이었으므로, 서문엽은 런던 거리를 둘러보며 관광이나 즐겼다.

수많은 사람의 이목을 끌며 런던 거리를 쏘다니는 서문엽.

사인도 해주고 사진도 찍어주고, 중간에 기자를 만나 인터뷰도 해주었다. 나이 든 백인 기자였는데, 신사적이고 점잖아서 마음에 들었던 것이다. 아예 나이 든 기자와 함께 밤거리를 산책하며 심층 인터뷰에 응해주었다.

"영국에 오신 이유가 따로 있으십니까?"

"영입할 선수 있나 해서 왔죠."

"피에트로 아넬라라는 걸출한 선수를 손에 넣으셨는데, 그 정도면 이미 아시아에서는 최고를 노릴 수 있는 전력 아닙니까?"

"월드 챔스 우승이 목표입니다. 그것을 위한 선수 영입이고."

"하하, 미안한 말이지만 월드 챔스 무대에서 통하는 선수들이 한국에 가고 싶어 할까요?"

"많지는 않겠죠. 리그 수준이 높은 것도 아니고 연봉을 많이 주는 것도 아니니까."

서문엽도 선뜻 인정했다.

"하지만 우리 클럽은 내년 월드 챔스 진출이 유력합니다. 월드 챔스 무대에 대한 열망이 있는 선수라면, 나와 손잡고 함께 가는 것도 좋은 방법이라고 생각합니다."

"아시아 챔스를 통해 월드 챔스로 올라가는 것이 지름길이 될 수도 있다는 뜻이군요?"

"부인하진 않겠습니다. 하지만 난 단지 월드 챔스 참가에 의

의를 두는 사람이 아닙니다. 악착같이 이겨서 우승을 따낼 겁니다. 최후의 던전 공략보다는 쉬운 일 같습니다."

"역시나 대단한 포부군요. 그러면 다른 질문을 해보죠. 최근 세계 최고의 선수를 뜻하는 톱3에 당신을 껴서 톱4로 부르곤 합니다. 이에 대해 의견이 있습니까?"

서문엽은 기자에게 씨익 웃어주었다.

"재미있는 기사를 원하시는 것 같으니 특별 서비스로 부응해 드리지. 난 내게 견줄 수 있는 선수는 없다고 생각합니다. 내가 원톱이고 그 밑으로 톱4가 2인자 경쟁을 하는 것이 순리죠."

나이 든 백인 기자는 눈을 반짝였다. 역시나 좋은 기삿거리를 잘 준다는 소문이 사실이었다.

"당신이 일인자고 그 밑으로 톱4라고 하셨는데, 기존의 톱3 외에 누구를 더 추가한 거죠?"

"피에트로 아넬라."

"오, 그 충격의 늦깎이 신인 선수 말이군요."

"걔도 너무 강해서 아바타 등록 때 초능력 두 가지가 다 다운그레이드됐습니다."

"그랬습니까?"

기자의 두 눈이 휘둥그레졌다.

"뭐, 본인도 비밀로 할 생각이 없으니 세계 협회에 문의하면 답을 줄 겁니다. 근데 다운그레이드된 능력만으로도 로이 마이어와 견줄 수 있어요."

"오, 이런. 아이리시 위저드가 들으면 기분 상하겠네요."

"이보쇼, 내가 이렇게 인터뷰 잘해주는데 의리 없게 이상하게 왜곡시키진 않을 테지?"

"하하하, 그건 염려 마세요. 요즘 영국 여론은 당신에게 호의적이니까요."

"그럼 말하지. 로이 마이어를 폄하하는 게 아니에요. 오히려 그 친구를 매우 높게 평가하고 있지. 초능력도 멋지지만 매순간 똑똑한 판단을 하거든. 그와 비교하면 피에트로는 장단점이 뚜렷할지언정, 초능력의 위력 자체는 현존하는 선수 중 최고치입니다. 슈란의 소멸 광선 정도가 비교될 수 있죠."

"그러고 보니 슈란을 데뷔시키려고 중국 협회가 움직이고 있죠?"

"아, 50%나 다운그레이드시켰던 소멸 광선의 제한을 완화시키려 한다는 얘기는 들었어요. 솔직히 50%는 좀 심했지."

"하하, 그 당시로서는 어쩔 수 없었죠. 이제는 선수들 실력 수준도 올라가서 감당할 수 있게 된 거죠. 아무튼 재미있군요. 그럼 슈란까지 끼면 톱6가 되겠는데요?"

"그게 더 재미있으면 그렇게 하던가. 아무튼 난 확실히 말했어요. 내가 최고라고."

"알았어요. 그런데 그 외에 또 인상적인 선수는 없습니까?"

"치치 루카스와 제럴드 워커?"

"오, 이탈리아의 수호신! 치치 루카스는 대단하죠. 톱3와 견주어도 확실히 밀리지 않아요. 제럴드 워커도 엄청난 몬스터지만 발이 느린 클래식 탱커라는 게 아쉽죠. 당신이 만든 '가짜 탱커' 전술이 나타나고서는 클래식 탱커의 입지가 더 좁아졌어요."

"그렇긴 하지만 제럴드 워커쯤 되면 클래식 탱커라는 카테고리에 제한될 사이즈가 아니라서."

"더 듣고 싶군요. 그러고 보니 전에는 서로 입씨름을 했었는데 어느 순간부터 제럴드 워커가 당신에 대해 칭찬하는 발언만 하더군요."

"뭐, 나도 그 녀석을 위해 립 서비스를 하나 해주자면……."

서문엽이 말을 이었다.

"발이 느린 건 사실이지만, 민첩성 자체만 따지면 나단에 견줄 수 있는 잠재력이 있는 놈이죠."

"헉, 그 정도입니까?"

"웃기죠? 그 덩치에 그런 민첩한 반응 속도를 보일 수 있다는 게."

"그런 모습은 못 봤는데요?"

"어디까지나 잠재력의 이야기죠. 자신의 잠재력을 다 개발시키면 발이 느리다는 단점쯤은 아무 상관도 없죠."

예전에 봤던 제럴드 워커의 민첩성은 81/96이었다. 물론 100/100인 나단과 견준다는 건 무리다.

그러나 그 덩치와 완력을 갖고도 96의 민첩성을 손에 넣게 된다면 4 정도의 차이는 극복하고도 남는다.

한 방만 맞아도 골로 가기 때문에 나단이 아무리 빨라도 목숨을 걸지 않는 한 쉽사리 접근하지 못하는 것이다.

"당신의 가짜 탱커 전술로 미국과 영국의 클래식 탱커 체제의 약점이 더욱 부각되었습니다. 우리 영국 통합 대표 팀은 이 숙제를 어떻게 풀어야 할까요?"

"갑자기 클래식 탱커를 멀티 탱커로 갈아치울 수도 없는 문제고, 선수 구성보다는 경기 운영으로 해결책을 찾아야 하지 않을까요?"

"그렇군요."

나이 든 기자와 이것저것 이야기하며 즐거운 시간을 보냈다.

혼자 돌아다니기 적적했는데 서문엽도 마침 말상대가 생겨서 좋았다.

기자는 헤어지면서 명함 하나를 건넸다.

"음?"

명함에는 잭 브란트라는 이름이 적혀 있었다.

나이 든 기자는 씨익 웃으며 말했다.

"그 친구와는 막역한 사이입니다. 그래서 당신이 처음부터 싫지 않았죠."

"나도 그 사람 마음에 들었어요. 최후의 던전에 데려갈까

마지막까지 고민했죠."

"하하, 그 친구도 이해할 겁니다. 한 번 연락해 보세요. 당신을 만나고 싶어 하니까."

"고마워요."

서문엽은 혹시나 하는 기대감을 품었다.

영국인이 존경하는 초인 잭 브란트.

카자흐스탄에서 사니야 아흐메토바를 얻었듯이, 잭 브란트가 쓸 만한 선수를 소개시켜 줄지 누가 안단 말인가?

'그리고 내가 타깃으로 삼았던 선수와 연결시켜 줄지도 모르고.'

서문엽은 A매치에서 눈여겨봤던 선수를 영입하고 싶어서 무작정 영국에 왔다.

영입에 대한 건은 그 선수의 소속 팀과 에이전트에게 문의해야 하지만, 그렇게 접근하면 얄짤없이 거절당할 것 같아서 직접 만나보고자 하는 것이었다.

남자 대 남자로 얘기해 보면 설득할 가능성이 남아 있을지도 모르니까.

'잭 브란트한테 소개시켜 달래야지.'

잭 브란트는 현재 해설 위원으로 배틀필드 업계에 있었다. 영국 선수치고 잭 브란트와 친분 없는 사람은 없다고 들었다.

어쩌면 일이 잘 풀릴 수 있을 것 같다는 생각에 서문엽은 신바람이 났다.

다음 날, 서문엽은 잭 브란트에게 전화를 했다.

—오랜만이오, 서문.

시원시원한 굵은 목소리가 유쾌하게 들렸다.

"네네, 옛날에는 실례했습니다. 제가 그땐 철이 없어서."

—이해하오. 철은 지금도 없는 것 같지만, 하하하.

"잘 아시네."

서문엽도 낄낄거렸다.

—당신이 영국에 왔다는 얘기를 듣고 만나보고 싶어서 참을 수 없었지. 마침 내 친구가 취재하러 간다기에 내 얘기도 전해달라고 부탁했었소.

"네, 인터뷰는 잘했습니다. 좋은 사람이던데요. 영국에서의 제 이미지도 좀 회복될 것 같아요."

—으하하, 나와의 오해만 빼면 사실 당신은 영국인들이 딱 좋아할 만한 스타지. 거만하고 거칠고 화끈하게 사고 치고.

"하하, 그랬나요? 그럼 거친 사나이들끼리 한잔해야죠?"

—당신이 술 취하면 무슨 사고를 칠지 걱정되지만, 사나이라는 말을 꺼낸 이상 뺄 수 없지. 당신을 우리 집으로 초대하겠소.

"오케이, 도수 높은 보드카 쌓아놓고 기다려요."

—걱정 마시오.

"아 참."

서문엽은 순간적으로 잔꾀를 부렸다.

"제가 술에 취해서 사고 치려고 하면 옆에서 말려줄 사람이 더 필요하지 않을까요?"

―둘보단 여럿이 마시는 게 더 즐겁긴 하지.

"그래서 말인데, 혹시 개리 윌리엄스와 친합니까?"

―호오? 영국에 온 목적이 그 친구였소?

잭 브란트가 크게 흥미를 드러냈다.

개리 윌리엄스.

바로 강화된 시력으로 영국 통합 대표 팀의 눈이 되었던 선수였다.

근접 딜러이지만 장궁을 사랑하는 괴짜여서 원거리 딜러 역할도 소화 가능했다.

배틀필드가 출범했을 때부터 줄곧 선수 생활을 해온 34세의 베테랑으로 선수 경력이 무려 18년 차였다.

그러나 그 18년간 한 번도 월드 챔스 무대를 밟아본 적이 없었다.

왜냐하면 월드 챔스에 출장할 만한 명문 클럽이 영입할 정도의 선수가 아니었기 때문이다.

국가 대표로 뽑힌 것도 실력보다는 강화된 시력이 전술적으로 중요한 역할을 했기 때문. 그마저 대표 팀에서도 후보 선수였다.

―그랬군. 그렇다면 마침 잘됐네. 나는 개리와 무척 친한 사이거든.

"진짜요?"

—물론. 2006년에 배틀필드 출범할 때 난 협회에서 일했고 그 친구는 어린 신인 선수였지. 그때부터 그 친구나 나나 영국을 떠나본 적이 없었기 때문에 인연이 깊어졌어.

"그럼 불러줘요."

—알겠네. 무슨 이야기를 할지 기대되는군.

그 후, 잭 브란트가 내일 저녁에 보자고 문자를 보내왔다. 개리 윌리엄스와 약속이 잡힌 모양이었다.

다음 날, 서문엽은 잭 브란트의 집으로 쏜살같이 달려갔다.

"서문!"

2m가 넘는 거구의 초인 사내가 호쾌한 목소리로 반겼다.

"하하, 덩치는 여전하시네."

"덩치 큰 굼벵이라고?"

"으하하!"

두 사람은 껄껄 웃으며 포옹했다.

그리고 두 사람보다 더 작은 체구에 조용한 인상을 가진 사내도 서문엽에게 손을 내밀었다.

"반갑습니다."

"반가워요. 전에도 마주쳤었죠?"

서문엽도 손을 맞잡고 악수했다.

"명장면의 희생양이 되었죠."

개리는 미소를 지으며 대꾸했다.

첨탑에 있을 때, 서문엽이 보지도 않고서 창 8자루를 던져 킬을 해버린 장면.

그 장면은 올해의 그레이트 킬에 선정될지도 모르는 터라 당사자로서는 유쾌하지 않을 법도 한데, 개리는 개의치 않은 모습이었다.

*   *   *

세 사람은 잭 브란트의 집으로 들어가 술자리를 가졌다.

첫 화제는 어제 서문엽이 했던 인터뷰 기사였다.

심층 인터뷰라고 거창하게 나온 기사는 런던 밤길을 걷는 서문엽의 사진과 곁들여지면서 그럴듯하게 나왔다.

"자네 기사 반응이 좋던데?"

"내가 최고라는 말 뒤에 다른 선수 칭찬을 덧붙인 게 주효했군요."

서문엽의 넉살 좋은 말에 잭 브란트는 껄껄 웃었다.

"그런데 제럴드 워커에 대한 평가가 의외던데."

"내가 뭐랬더라?"

서문엽은 벌써 자기가 한 말을 까먹었다. 잭 브란트는 황당해했다.

"기억 안 나? 그냥 막 던진 말은 아니지?"

"남 칭찬은 의미를 담아서 한 적이 없어서요. 아, 개 민첩성이 어쩌고 했던 것 같다."

"자네 태도를 보니 영 믿음이 안 가는군."

"아냐, 그건 진심이에요."

서문엽은 낮은 목소리로 이어 말했다.

"우리끼리니까 하는 얘긴데, 내가 개랑 싸워보고서 재능을 확인한 거예요."

"싸워봤다고?"

잭 브란트와 개리의 눈이 휘둥그레졌다.

"옛날에 일대일로 붙었죠. 뭐, 당연히 내가 이겼지만."

"제럴드 워커를 일대일로 이길 선수가 있나?"

잭 브란트의 말에 개리도 고개를 절레절레 저었다. 개리도 미국과 경기할 때 제럴드 워커를 봤다. 좁은 길목에서 버티고 서면 정말 미친 듯이 공격해도 돌파가 안 되는 몬스터였다.

"탁 트인 공간으로 끌어들여서 한 타 싸움을 벌이면 수월하죠. 넓게 펼쳐서 싸우면 약점인 좁은 시야를 공략할 수 있었으니까요. 그런데 요즘 경기를 보면 시야가 많이 좋아진 것 같던데."

"개 방패 작은 걸로 바꿨잖아. 그거 나랑 싸우고 나서 내가 꿀팁 줬던 거라니까."

말을 들어보니 정말로 시기가 들어맞았다. 그리고 서문엽이 자기 자랑은 많을지언정 없는 얘기로 허풍 떠는 성격은 아니었다.

"뭐, 자네 안목은 정확하기로 유명하니까. 이미 자네 조언에 도움을 받아봤던 제럴드 워커라면, 아마 오늘 기사를 보고 민첩성 훈련을 죽어라 할 것 같군. 나라도 그럴 테니까."

잭 브란트는 전쟁 시대에 일선에서 싸웠던 사람이라 공략 불가 던전이 얼마나 위험한지 잘 알았다.

그래서 던전에 관한 한 서문엽의 말은 곧 법이라고 여겼고, 7영웅에 뽑히지 못했을 때도 깨끗이 수긍했다.

개리가 미소를 지었다.

"기사에서는 톱6을 거론하던데 제럴드 워커까지 끼면 혼돈이겠군요."

잭 브란트도 동의했다.

"승자는 내년에 판가름 나겠지. 올해는 나단 베르나흐의 해였지만."

올해는 파리 뤼미에르 BC와 나단 베르나흐가 휩쓸었던 해였다.

프랑스 프르미에 리그에서 압도적인 1위에 오른 파리 뤼미에르 BC는 전반기 시즌에 치러진 유럽 챔피언스 리그도 우승했다.

그 선봉에 선 나단 베르나흐는 전례 없는 페이스로 킬 포인트를 쌓고 있어 세계를 경악시키는 중이었다.

후반기에도 같은 활약을 이어나간다면 킬 신기록을 수립할 거라는 예상이 지배적이었다.

"후, 놀랍군. 이번 년도 올해의 선수상까지 손에 넣으면 3년 연속이야."

"톱3가 차례대로 시대를 나눠 먹었죠. 하지만 내년부터는 혼돈의 시대니까요."

내년은 바로 월드컵이 있었다.

월드컵의 결과에 따라 올해의 선수상 수상자가 결정된다.

기존의 톱3는 물론이고 서문엽을 필두로 한 신진 강자들까지 왕좌를 노리고 치열한 승부를 치르게 될 것이다.

"내년 월드컵은 엄청난 흥행을 끌겠어."

잭 브란트는 그렇게 말하며 뿌듯해했다. 내년 배틀필드 월드컵이 바로 런던에서 치러지기 때문. 영국이 통합 대표 팀을 꾸린 것도 런던 월드컵을 겨냥해서였다.

"뭐, 다른 선수들 얘기는 그쯤 해두고, 이 자리에 있는 선수들 얘기를 좀 할까요?"

그 말에 개리의 눈빛이 달라졌다.

개리 윌리엄스.

배틀필드가 탄생했을 때부터 지금까지 줄곧 선수 생활을 해온 베테랑 중의 베테랑.

그러나 스타성이 있는 선수는 아니었다. 실력 자체도 일류였지만 최강을 논하는 명문 클럽이 탐낼 정도는 아니었다.

개인 기량 자체보다는 전술적 가치에 더 특화된 선수였는데, 그마저도 세월이 흐르면서 전술적 가치가 높은 초능력을 가진 선수들이 많이 발굴돼 개리 윌리엄스의 가치는 하락했다.

'목표가 내년 월드 챔스라고 했지?'

개리가 서문엽의 인터뷰 기사를 보고서 가장 주목한 것은 제럴드 워커도 피에트로 아넬라도 아니었다.

월드 챔스 우승을 노린다는 서문엽의 목표였다.

그리고 오늘 이 자리에 자신을 초대했다.

이게 무슨 뜻인지 모를 정도로 개리는 눈치 없지 않았다.

서문엽은 개리를 응시하며 말했다.

"비행기 타고 오면서, 심심해서 배틀필드의 역사를 쭉 훑어봤는데 흥미롭더라고요. 2010년대는 돈으로 선수들을 긁어모은 미국의 시대였는데, 20년대는 체계적으로 유망주를 키우고 전술을 세련되게 다듬은 유럽 클럽들의 시대였죠."

"그렇지. 트렌드가 돌고 돌았어. 초창기는 서문엽이 선호한 멀티 포지션 선수들이 강세였는데, 10년대에 이르러 미국이 빅맨들을 앞세운 파워 게임으로 시대를 평정했지. 그러다가 최근은 파리와 베를린 같은 유럽 클럽들이 치밀하게 다듬은 다채로운 전술로 파워 게임의 시대를 종식시키고 있어."

해설 위원인 잭 브란트도 신이 나서 호응했다.

서문엽이 말했다.

"미국하고 유럽이 그쯤 나눠 먹었으면 충분하지 않나 싶더라고요. 내년, 안 되면 내후년, 월드 챔스를 확실하게 평정할 겁니다."

"스포츠만큼 자본의 논리가 확고한 곳도 없지. 하지만 던전은 예상치 못한 변수가 많이 일어나는 곳이니 이변이 연출되어도 이상할 것이 없네."

잭 브란트의 말에 개리는 고심했다. 서문엽이 왜 그런 얘기를 꺼내는지 모르지 않았기 때문이다.

'YSM이라. 서문엽에 피에트로까지 있으니 월드 챔스 진출 가능성은 높아.'

서문엽이 괜히 제럴드 워커 얘기를 꺼내며 자랑한 게 아니었다. 개리에게 자신의 능력을 어필한 것.

선수로서의 개인 기량.

그리고 선수의 재능을 알아보고 방향을 제시해 주는 안목.

전자보다는 후자에서 개리는 더 강한 유혹을 느꼈다.

'하지만 잉글랜드 2부 리그 수준도 안 되는 한국에 가는 게 맞는 선택일까?'

선수 생활 18년 차.

월드 챔스와는 인연이 없었지만, 늘 빅 리그에서 뛰었던 개리였다.

전성기 때는 미국 메이저 리그와 프랑스 프르미에 리그에서 뛰었고, 가치가 하락한 지금도 영국 프리미어 리그에서 뛰고 있다. 프리미어 리그도 한창 성장세여서 세계 리그 순위 5위에 달하는 빅 리그였다.

당연히 많은 돈을 벌었다.

개리가 현재 고려하는 건 돈 같은 게 아니었다.

34세로 나이가 적은 편이 아니지만, 그렇다고 많은 편도 아니었다.

일반적으로 40대 초반까지는 선수 수명이 이어지기 때문에, 지금이 전성기에서 내려와 선수 생활 말년을 대비하는 중요한 분기점이라 할 수 있었다.

그런 중요한 시기를 한국에서 보낸다는 것이 맞는 일일까?

"고민 중이지?"

서문엽이 불쑥 개리에게 물었다.

흠칫한 개리는 이내 피식 웃으며 고개를 끄덕였다.

"맞아요."

"솔직하게 털어놓자면, 난 개리 당신을 영입하러 왔어. 당신 아니면 이 나라에는 더 이상 볼일이 없어. 숨겨진 유망주 없나 좀 기웃거릴 테지만, 내년에 바로 월드 챔스에서 통용될 정도로 기량이 갖춰진 유망주는 없겠지. 있어도 다른 명문 클럽들이 눈깔이 삔 것도 아니니 다 쓸어갔을 테고."

"어느 정도 기량을 갖췄으면서도 월드 챔스 때문에 한국에 올 만한 선수, 그게 저라는 거군요."

"맞아. 바로 기량을 갖췄다는 사실이 중요하지. 월드 챔스 무대에서도 통할 수 있는 기량."

그 말에 개리는 마음이 격동하는 것을 느꼈다.

빅 리그에서 뛸 수는 있지만, 월드 챔스까지 갈 재능은 아니다.

그것이 지금껏 들어온 자신의 평가였다.

근접 딜러이면서 원거리 딜러 역할까지 소화 가능하지만, 둘 중 어느 쪽도 애매하다는 평가까지도.

사실이었기 때문에 개리도 지금의 처지에 납득하고 있었다. 그래도 국가 대표 선수로는 늘 뽑혔기 때문에 이만하면 만족할 만한 선수 생활이라고 생각해 왔다.

오늘 서문엽을 만나기 전까지는 말이다.

서문엽은 개리를 똑바로 쳐다보며 확고한 어조로 말했다.

"지금 받는 주급이 5만 유로였지? 1년 52주면 260만 유로. 사실 현재 우리 클럽 사정으로는 그 이상 더 줄 수는 없어. 뭐, 소득세는 우리나라가 더 싸니까 메리트가 있긴 하겠다."

"돈 얘기를 할 거였으면 에이전트를 보냈겠죠."

"그래, 다른 쪽으로 약속하지. 넌 월드 챔스에서 통할 수 있는 정통파 원거리 딜러다. 내년 월드 챔스 무대에서 모든 명문 클럽이 탐낼 선수로 만들어주지."

"나를 원거리 딜러로 포지션 변경시키겠다고요?"

"알다시피 난 옛날부터 다양한 역할을 소화 가능한 선수를 선호했어. 넌 거기에 딱 맞고. 근데 내 생각에 넌 원거리도 소화 가능한 근접 딜러가 아니라, 유사시 근접도 소화 가능한 원거리 딜러야. 이건 확실해."

서문엽은 단언했다.

왜냐하면.

—대상: 개리 윌리엄스(인간)

—근력 80/80

—민첩성 85/85

—속도 87/87

—지구력 78/78

—정신력 86/95

—기술 79/93

—오러 76/76

—리더십 62/76

—전술 80/86

—초능력: 강화된 육체, 강화된 시력

—강화된 육체: 던전에서 근력, 민첩성, 속도가 5씩 증가한다. 원거리 딜러로 출전 시 10씩 증가.

—강화된 시력: 던전에서 시력이 5배 증가한다.

증폭된 분석안으로 개리의 능력치를 진즉에 봐뒀기 때문이었다.

초능력 두 가지가 모두 패시브형인 좋은 사례였다.

일부러 오러를 써서 초능력을 펼칠 필요 없이 자동으로 효과가 유지되니 오러 소모가 적은 것이다.

초능력을 펼칠 타이밍을 신중하게 잴 필요도 없고 말이다.

피지컬로 보나 강화된 육체의 효과로 보나, 보통은 근접 딜러가 적합하다고 평가했을 것이다.

활 쏘는 원거리 딜러는 사냥에 유리할 뿐, 대인전에서는 견제나 사냥 방해 외에는 효과가 떨어지니 더더욱 근접 딜러로 가닥을 잡았을 테고.

하지만.

'원거리 딜러로 출전하면 10씩 상승하는데, 당연히 원거리 딜러로 가야지.'

활잡이가 갈수록 가치가 떨어진다지만, +10 효과가 적용되어서 근력 90, 민첩성 95, 속도 97이 된다면 무척 탐나는 선수가 아닌가?

90이나 되는 근력 갖고 활이나 당겨야 한다는 게 아깝긴 하지만, 그건 그것 나름대로 쓸데가 있다.

"너는 근력이 좋은 편이지. 특히 초능력이 적용되면."

"초능력이 적용되지 않은 상태에서는 그냥 무난한 편이죠."

딜러 근력이 80이면 한국에서나 좋지, 빅 리그에서는 그냥 보통이었다.

"나라면 네게 아예 근력이 강하지 않으면 시위를 당기기 어려운 엄청난 활을 특별 제작해 줄 거야. 그러면 좋은 근력을 활용 가능하지."

"정말로 저를 원거리 딜러로 삼겠다는 뜻이군요?"

"그래. 마침 우리 클럽은 활잡이들을 자주 활용하는 편이지."

점프 뛰며 설치는 이나연이나, 그림자 속에 숨는 윤범이 붙박이 주전인 YSM이었다.

"세계 트렌드가 갈수록 활잡이를 꺼려하는데, 난 거기서 허를 찌를 거다. 결과는 내년 월드 챔스에서 드러나겠지."

또 한 가지, 서문엽이 주목한 능력치.

바로 기술 79/95.

18년 차나 되는 베테랑이 아직도 자기 기량을 이렇게 개발 못 한 이유는 하나다.

근접 딜러로서는 79가 한계였던 것이다.

원거리 딜러로 전환시키면 나머지 14을 다 꺼낼 수 있게 된다고, 서문엽은 확신했다.

서문엽에게 개리는 별로 주목 못 받는데 알고 보면 대어인, 전형적인 영입 대박 상품이었다.

*   *   *

개리 윌리엄스는 고민이 많았다.

원거리 딜러로 포지션 전환.

선수로서의 성장 가능성.

월드 챔피언스 리그 무대.

서문엽이 자꾸만 가려운 부분을 긁어주는 이야기를 했기

때문이다.

'믿고 따라도 되는 걸까?'

개리도 베테랑 선수였다.

벌써 18년 차다.

그 긴 시간 동안 빅 리그 무대를 떠나본 적이 없었다.

빛나는 스타였던 적은 없지만 배틀필드의 팬이라면 다들 당연히 알고 있는 인지도의 선수.

그만한 위치에 오르기까지 무던한 노력이 필요했다.

끊임없이 자신을 채찍질했고, 그렇기에 자신이 어디까지 성장할 수 있는지 그 한계도 안다고 생각했다.

아무리 해도 더는 실력이 늘지 않는 정체를 오랫동안 느껴 왔기 때문이다.

정체를 느끼자 개리는 개인 훈련을 현재 역량을 유지하는 방향으로 맞췄다. 최대한 오래 선수 생활을 하기 위한 성실한 선택이었다.

'내가 잘못된 걸까?'

어쩌면 자신이 한계를 깨기 위해 변화를 택하지 못하고 안주한 게 아닐까?

34세.

선수로서 중요한 분기점이었다.

배틀필드 선수로서 딱 전성기의 절정에 올라와 있는 나이.

그 뒤의 남은 시간은 쇠퇴하고 은퇴로 가는 내리막길이다.

지금 어떤 선택을 하느냐에 남은 선수 인생이 달린 것이다.

두 사람의 대화를 듣던 잭 브란트가 문득 질문했다.

"서문, 정말 개리가 더 성장할 여지가 있는 거야?"

마침 개리가 묻고 싶었던 질문이었다.

이에 서문엽이 대꾸했다.

"내가 너무 듣기 좋은 말만 해줬나? 근데 난 빈말 안 해요. 이런 쪽으로는, 내가 그렇다면 그냥 그런 줄 아는 게 좋아요."

오만할 정도로 확신을 갖고 있었다. 하지만 잭 브란트는 '그렇다는데?' 하는 표정으로 개리를 쳐다볼 뿐이었다. 서문엽의 안목은 워낙 유명했기 때문이다.

'하기야 카자흐스탄에서도 사니야라는 유망주를 발견했지?'

서문엽이 데려온 어린 소녀 사니야는 한국 데뷔전부터 세계를 놀라게 했다.

정확히는 서문엽의 행보를 주시하고 있던 세계 클럽의 스카우터들 말이다.

창을 잘 다루며 때때로 던지는 스타일이 서문엽을 닮았다. 그러면서 매섭고 날카롭다. 상대를 위협할 줄 알고, 해치울 줄을 알았다.

대체 저런 유망주를 어떻게 발굴했는지 그 비결을 궁금해했던 것이다.

'그렇다면 서문엽의 말을 믿고 한번 도전해 봐도 좋지 않을까?'

한편.

'아 그 새끼 참 고민 많네.'

서문엽은 똥줄이 타는 심정으로 개리의 반응을 지켜보고 있었다.

반신반의하는 개리의 심리가 표정에 보였다.

개리는 서문엽의 마음에 쏙 드는 선수였다.

민첩성 85/85.

정신력 86/95.

기술 79/93.

전술 80/86.

서문엽이 중시 여기는 능력치가 모두 높거나 재능을 가진 선수였다.

민첩성이 좋아서 빠릿빠릿하게 지시에 따라 움직이며, 정신력이 높아 어려운 상황에서도 정신적 동요로 역량이 떨어지지 않는다.

기술 면에서는 아직도 성장할 가능성이 많고, 전술적 이해도도 높아서 움직임이 더 효율적이다.

덤으로 리더십도 62/76. 베테랑 선수로서 대체로 어린 편인 YSM의 선수들을 이끌어줄 수 있다. 아시아 챔스, 월드 챔스 같은 세계 무대로 나가면 그런 정신적 측면도 중요하니 말이다.

"고민해 봐야겠네요."

개리가 간신히 입을 열었다.

'지금까지 한 건 고민 아니냐?'

라고 묻고 싶었지만 냉큼 선택할 수 있는 문제가 아니므로 서문엽은 묵묵히 고개를 끄덕였다.

"연봉이나 환경의 문제 같은 게 아닙니다. 한국 리그에서 뛰어야 한다는 데서 오는 불안감입니다. 미안한 말이지만 서문 당신도 한국 리그의 경기에 잘 안 나가잖습니까?"

"그, 그건 그렇지."

서문엽은 뜨끔했다.

KB—1 리그 경기는 서문엽도 거의 안 나갔다.

시시하기 때문이었다.

"그런 수준 낮은 리그에 적응하면 제 실력이 퇴보될 거라는 게 제 우려입니다."

"그것도 틀린 말은 아니야. 그 점에서는 한국 리그는 시간 낭비일 수 있어."

잭 브란트가 말했다.

서문엽도 인정했다.

"KB—1의 수준이 많이 떨어진다는 건 인정해요. 그런 데……."

서문엽은 개리를 쳐다보며 씨익 웃어 보였다.

"네가 원거리 딜러로 전환했을 때, 바로 빅 리그에서 통한다고 착각하는 건 아니지?"

"뭐, 뭣?"

개리는 화들짝 놀랐다.

평생 빅 리그에서만 뛰었던 그에게는 너무 큰 도발이었다.

"원거리 딜러에 대해 뭘 아는데?"

"그건……."

"잘 모르지? 활만 갖고 다녔다고 원거리 딜러로서의 경험이 풍부하다고 말하진 않을 테고."

"……."

개리는 갑자기 할 말이 궁색해졌다.

서문엽이 이어 말했다.

"지금까지 해왔던 건 그냥 좋은 눈으로 적의 동태 정찰하다가 전투가 벌어지면 합류해서 근접 딜러로서 싸운 것뿐이지."

"…맞소."

"그럼 원거리 딜러라면? 정찰하던 그 자리에서 활만 뿅뿅 쏘면 원거리 딜러인 줄 알아? 참고로 난 당신을 정찰에 쓰려고 영입하는 게 아냐."

개리는 입을 다물었다.

생각해 보니 전문적인 활잡이 원거리 딜러가 어떤 식으로 플레이하는지 아는 바가 별로 없었다.

"전에 A매치 3세트 때 나한테 킬 잡힌 것 기억나?"

"그레이트 킬상의 희생양이 될 판인데 모를 리 있겠습니까?"

개리가 대꾸했다.

"그때 왜 나한테 잡혔는지 알아?"

"내가 너무 예측하기 쉬운 위치에 있었죠."

"맞아. 근데 더 정확하게 설명할 순 없어?"

"그 이상 상세히는 모르겠네요. 가르쳐 주시겠습니까?"

"위치가 중요한 건 알지?"

"물론. 좋은 위치에 자리 잡는 게 내 플레이의 모든 것이지
요."

개리가 답했다.

주로 정찰 역할로 선수 생활을 했던 개리는 언제나 적의 위
치 파악이 잘되는 곳을 찾아다녔다.

"그런데 위치는 정찰 지점과 저격 지점이 따로 나뉘어. 그리
고 난 너에 대해 분석해서 들고 다니는 장궁이 장식이라는 걸
알고 있었지."

서문엽의 설명이 이어졌다.

"네가 장궁으로 나를 저격하러 접근했다면 난 네 위치를 몰
랐겠지. 근데 넌 관측만 할 뿐이야. 그럼 좋은 관측 포인트는
뻔하지."

"그랬나."

개리는 비로소 서문엽이 왜 자신에게 원거리 딜러를 시키려
하는지 조금은 알 것 같았다.

단지 관찰자의 입장에서 좀 더 적극적으로 다가가 직접 적
에게 압력을 행사하는 위치가 된다.

그 두 가지는 엄청난 차이가 있다.

좀 더 가까이 다가간 만큼, 적의 역습을 받을 위험도 커진다.

그때 위기관리를 적절하게 해가면서 지속적으로 적에게 압력을 행사할 수 있느냐?

그 부분을 자신에게 원하는 것이리라.

"넌 실전에 들어가면 민첩하고 발도 빠른 편이야. 여차하면 접근전도 가능하지. 거기에 시력이 좋아서 미리부터 적을 파악한 뒤 가장 좋은 방향으로 접근할 수 있어. 잘만 연습하면 위기관리가 아주 잘된단 말이야."

서문엽이 말을 이었다.

"근데 실전은 연습이 아니지? 유망주도 아닌데 팀이 널 시간 들여서 키워주겠어?"

"그래서 한국 리그가 장점이 된다는 겁니까?"

"그래. 자랑은 아니지만 우리나라 리그는 연습용으로 딱이잖아? 거기서 여유를 갖고 위치 잡는 연습이나 실컷 하자고."

변경된 포지션에 대한 적응 기간.

이는 최혁을 2부 리그에 데려올 때 썼던 수법이었다.

물론 개리는 최혁과 사이즈가 다른 거물이므로 다른 게 더 필요했다.

"네가 온다면 나도 경기에 매번 출전하겠어."

"당신도?"

"그래. 너랑 같이 다니면서 위치도 알려주고, 사냥 위주의 경기 운영도 같이 연구하자. 활잡이 활용은 적 견제뿐이 아니라, 빠른 사냥을 통한 장기전 운영에서 빛을 발하는 거니까. 참고로 엠레 카사도 내가 가르친 거 알지?"

"아, 알고 있지요."

개리 윌리엄스가 장궁 들고 설쳤던 이유 중 하나.

바로 7영웅의 사수(射手) 엠레 카사의 광팬이었으니까.

엄밀히 말해 엠레 카사는 원래부터 뛰어난 활잡이였지만, 7영웅에 발탁되고 나서는 서문엽에게 새로 배웠다고 자서전에 언급되어 있었다.

'생각해 보니 이 사람 진짜 희대의 천재잖아?'

그랬다.

제멋대로의 언행 때문에 자꾸만 가려지는 이미지.

서문엽은 정말 던전의 천재였다.

본인은 창잡이면서 칼잡이 백제호를 가르쳤고, 활잡이 엠레 카사를 가르쳤다. 또한 그가 발탁한 초인마다 거물로 성장했다.

자주 사고를 치는 바람에 지적인 면모가 부각 안 될 뿐.

"정말 매 경기를 같이 뛴다고 약속해 주실 수 있습니까? 수준 낮은 한국 리그에서 당신마저 같이 안 뛰면 전 정말 의미가 없어집니다."

"좋아, 약속할게."

귀찮아도 어쩔 수 없었다. 서문엽도 이제는 슬슬 목표를 위해 달릴 시간이었다.

'피에트로에 나까지 열심히 경기에 출전하면 관중도 늘어나

겠지.'

관중 수입이 늘면 다른 팀들도 그 인기에 편승하기 위하여 전력 보강을 통해 팬들을 만들고자 할 것이다.

그렇게 시장이 커지고 좋은 선수가 유입되면 한국 리그의 수준도 올라가게 되는 것이다.

거기에 내년 월드컵과 월드 챔스에서 좋은 성적을 거두게 된다면 다시 한번 한국의 위상이 올라가게 된다.

그때는 이렇게 직접 찾아와 궁상떨지 않아도 외국 선수 영입이 쉬워진다. 한국도 충분히 좋은 리그라는 인식이 생긴다면 말이다.

개리는 마음이 기울었지만 대답은 보류했다.

"남은 이야기는 에이전트와 하죠. 제가 잘 말해놓겠습니다."

"오케이, 이제 술이나 더 하자고."

"좋죠."

세 사람은 술자리를 즐기며 밤을 지새웠다.

＊　　　＊　　　＊

다음 날부터 서문엽은 휴가라 한가한 잭 브란트를 끌고 다니며 배틀필드 유소년 클럽을 돌았다.

"내가 왜 귀중한 휴가를 자네의 보물찾기에 힘써야 하나?"

"숨겨져 있던 유망주를 내가 발굴하면 영국에도 좋은 일이

고, 당신과 친하게 보이면 영국 내에서의 내 이미지도 재고되
니까요."

"자넨 정말 솔직한 친구야."

"흐흐, 갑시다."

영국은 배틀필드가 5부 리그까지 존재했다.

빅 클럽들만 유소년 팀을 양성하는 게 아니었다.

지방 소도시에도 유소년들을 위주로 팀을 꾸리는 하위 리
그 클럽들이 존재했다.

고등학교 활동이 아니라 아예 전문적으로 배틀필드에 파고
드는 유소년들을 보니 부러워지기도 했다.

'아예 어릴 때부터 프로처럼 생활하네.'

더 체계적이었기 때문에 유소년들을 살펴보기도 쉬웠다.

서문엽이 잭 브란트와 함께 나타나 견학하고 싶다고 하면
클럽들은 다들 격하게 환영해 주었다.

"어때? 좀 찾았어?"

"음, 여긴 없네요."

유소년 선수들의 모의 훈련을 지켜본 서문엽이 답했다.

"신기하군. 어떻게 그리 한눈에 단언하나?"

"하도 이골이 나서 초능력이나 다름없다고 해두죠."

정말 분석에 이골이 나서 초능력이 되었으니 틀린 말은 아
니었다.

그렇게 함께 붙어 다니는 두 사람은 영국 언론에도 크게 알

려졌다.

두 사람이 친분을 과시하는 모습이 의외였던 것이다.

그중 눈치 빠른 언론은 개리 윌리엄스와의 접촉도 알아차
렸다.

〈서문엽, 개리 윌리엄스와 접촉. 정말 월드 챔스 노리나?〉

〈'매의 눈' 개리, 월드 챔스의 한 풀기 위해 서문엽과 손잡나〉

〈월드 챔스 야망 품은 서문엽, 개리와 접촉 이어 유망주 탐색〉

안목 좋기로 소문난 서문엽이 하위 클럽들을 돌아다니며
유망주들을 살피고 있으니 관심이 안 갈 수가 없었다.

─선수를 찾아다니신다는 소문이 여기까지 들리더군요.

결국 가브리엘 감독이 전화를 해왔다.

"개리는 거의 설득했어."

─개리 윌리엄스가 정말 한국에 온답니까?

가브리엘 감독의 표정이 밝아졌다.

개리는 눈에 잘 띄지는 않지만 전술적 이해도가 높은 플레
이를 선보이기 때문에 전술가인 가브리엘 감독도 선호했다.

"어, 그리고 원거리 딜러로 포지션 변경할 거야."

─갑자기 포지션 변경이라니 의외지만, 그건 구단주님께서
알아서 하시겠죠. 근데 개리까지 온다면 후보로 밀려날 선수
들이 몇 있군요.

그 말에 조용히 생각에 잠겼던 서문엽이 말했다.

"윤범을 팔자."

윤범은 입시 준비를 하다가 서문엽에게 설득되어 선수 생활을 시작한 선수였다.

그림자 속에 숨어들 수 있는 초능력을 새로 발견해 대박이 터진 케이스였다.

그러나 능력치가 너무 안 좋아서 탈이었다.

한국에서는 그림자 속에서 활을 쏘거나 암습하는 것으로도 잘 먹히지만, 높은 레벨로 올라가면 어려워진다.

높은 곳을 바라보는 서문엽으로서는 계속 데려갈 수 없는 선수였다.

'후보로 데리고 있는 것도 좋지만, 솔직히 윤범 본인 입장에서는 다른 팀에서 연봉도 출전 기회도 더 많이 받는 게 좋겠지.'

마냥 영입할 선수만 찾아다니는 게 아니었다.

슬슬 몇몇은 팔아서 차익도 챙길 시간이었다.

─아시아에서는 통할 선수라 아쉽긴 하지만, 레퍼토리가 한정되어 있어서 결국 플레이가 빨리 파악되는 선수죠. 알겠습니다.

그렇게 윤범의 판매가 결정되었다.

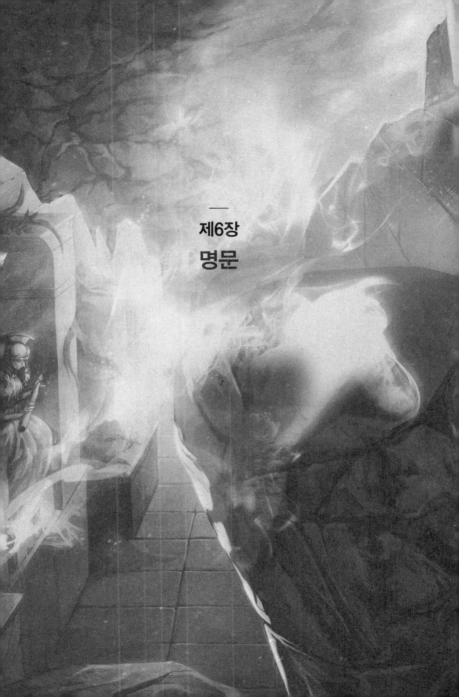

제6장

명문

열심히 돌아다니며 살펴봤지만 마음에 드는 유망주는 찾지 못했다.

그럭저럭 재능이 있는 애들은 있었지만, 당장 내년에 퍼텐셜을 터뜨릴 만한 애들은 안 보였다.

'욕심이지 뭐.'

결국 소득 없이 한국에 돌아와야 했다.

다행히 개리 윌리엄스 측의 에이전트가 YSM에 연락해 왔다.

그들도 개리에게 변화가 필요하다는 데 동의했다. 현재 소속 팀과 계약 기간이 반년밖에 남지 않았는데, 아직까지 재계약 제의가 오지 않아서 마침 다른 팀을 알아보고 있었던 참이었다.

'눈에 확 띄는 초능력이 없는 게 단점이지.'

강화된 육체와 강화된 시력.

둘 다 패시브라 좋긴 하지만, 최근 추세는 한 타 싸움에서 확실하게 도움이 되는 공격형 초능력이었다.

여러 가지로 개리는 트렌드에서 점점 멀어져 가는 스타일이었던 것이다.

다만 YSM과 협상을 하면서 계약 기간은 2년을 잡았다.

"선수 숙소는 새로 짓고 있는 중이라고 하지만, 솔직히 이렇게 시설이 열악한 곳으로 개리를 보내기가 꺼려지는 건 사실입니다."

개리의 에이전트인 정장 차림의 흑인 사내가 불만 가득한 표정으로 말했다.

"그래도 있을 건 다 있는데."

서문엽의 대꾸에 흑인 사내는 이글거리는 눈빛으로 노려보았다. 서문엽은 고개를 돌려 눈빛을 피했다. 솔직히 이놈의 산골은 프리미어 리거가 올 만한 곳은 아니었다.

"산에 들어가 수련 좀 한다는 마음으로 협상을 하는 겁니다. 서문엽 씨가 확실하게 개리의 성장을 돕겠다는 약속 때문이니 거기에 책임감을 느끼셔야 할 겁니다."

"알지. 나만 믿어. 내가 건드려서 잘되지 않은 선수가 없어."

그 말에 창밖으로 보이는 클럽하우스의 전경을 훑어본 흑인 사내는 다시 한숨을 푹 쉬었다.

"계약 기간은 2년으로 하죠."

"1년만 더 쓰자. 정 없게 내년 월드 챔스만 한두 번 하고 나가겠다는 의도는 뭐냐?"

"월드 챔스에서 한두 번 썼으면 됐지 그 이상 이런 곳에 머무르게 하실 참입니까? 딱 2년입니다. 그 이상은 용납 못 해요."

"끄응, 언젠가는 너희의 그 오만한 콧대가 꺾이는 날이 올 거다!"

흑인 사내는 황당해졌다.

"그런 말은 보통 마음속으로만 하는 거 아닙니까? 왜 굳이 입 밖으로 꺼냅니까?"

"시끄러, 계약서나 써!"

주급 5만 유로에 2년 계약이 담긴 조건의 계약서를 내밀었다.

흑인 사내는 킬 수당과 어시스트 수당을 높여줄 것을 요구했고, 서문엽은 벌컥 성질을 냈다.

"돈 쓸어 담으려고 환장했냐? 한국 리그에서 공격 포인트 수당을 더 달래? 프리미어 리거가 KB-1에서 킬 어시한 게 자랑이냐?"

두 사람은 투덕투덕 다투다가 계약서에 사인했다.

어쨌거나 개리 윌리엄스를 손에 넣은 것이다.

개리 윌리엄스는 남은 계약 기간 반년을 마저 채운 뒤에 내년부터 합류할 예정이었다.

계약이 마무리된 후, 서문엽은 선수 정리에 나섰다.

기존에 한정실업이었을 때부터 있었던 선수들을 대부분 KB—2나 KB7 1부 리그로 보냈고, 남은 것은 윤범이었다.

서문엽은 윤범을 불러 상담을 했다.

"윤범아, 들었다시피 너를 이적 시장에 내놓을 거다."

"그냥 여기 있으면 안 되고요?"

윤범이 물었다.

그는 팀을 옮기기가 싫은 눈치였다.

"줄 수 있는 연봉도 한계가 있고."

"연봉은 지금도 만족해요."

"출전 기회도 점점 적어지고 있지?"

"아예 출전 못 하는 건 아니니까 괜찮아요."

이에 서문엽은 벌컥 성질을 냈다.

"좀 향상심을 가져, 이 새끼야! 언제까지 그렇게 소극적으로 살 거야! 어차피 수능 보고 대학 갈 생각이나 했지 선수 생활에는 목표가 없었다 이거야?"

"이제 겨우 팀에 익숙해졌는데, 옮기면 또다시 적응해야 하잖아요. 지금도 억대 연봉 받고 있고 국가 대표로도 부름을 받았는데 이만하면 성공한 거죠."

"아무튼 딴 데 가, 이 자식아!"

"아, 아니, 무슨 꺼지라는 듯이 돌 직구를 날리세요? 그동안 고마웠다, 아쉽지만 헤어져야 한다, 뭐 그런 따뜻한 말은 없어요?"

"네가 나한테 고마워해야지. 뭐, 너 팔면 이적료 꽤 나오니까 좋겠네. 아무튼 넌 아직 애송이라 계속 출전해서 경험을 쌓아야 좋은 선수로 성장할 수 있어."

윤범은 장난기를 버리고 진지한 표정이 되었다.

"구단주 형, 형은 제게 YSM과 계속 갈 만큼의 재능은 없다고 생각하시는 거죠?"

서문엽은 가만히 윤범을 바라보았다.

그렇게 생각하는 게 맞다. 분석안으로 보이니까.

―대상: 윤범(인간)

―근력 60/60

―민첩성 62/64

―속도 57/57

―지구력 62/62

―정신력 74/85

―기술 50/55

―오러 72/72

―리더십 20/20

―전술 45/45
―초능력: 그림자 걷기

객관적인 수치로 봐도 한계가 뚜렷했다.

서문엽은 빈말은 더 하지 않기로 했다.

"지금보다 더 성장하기는 어렵다고 본다."

"역시."

윤범은 한숨을 쉬었다.

"그럼 전 이제 어떡해야 좋을까요?"

"뭘 어떡해? 네가 활약하기 좋은 팀으로 가야지. 네가 더 성장할 수 없다면, 너와 잘 어울리는 컬러를 가진 팀에 가야지 별수 있냐? 한국에서는 충분히 통하는 실력이니까 너무 상심 마라. 세상에는 KB―1에서 뛰고 싶어도 못 뛰는 선수들이 무지 많으니까."

"추천 좀 해주세요."

"아랍 가. 돈이나 신나게 벌렴."

"……."

윤범은 진심이냐는 표정으로 쳐다봤고, 서문엽은 '진심인데?'라는 표정으로 마주 봤다.

실제로 아랍권의 돈 많은 클럽들은 윤범에게 관심을 많이 보였다.

그림자 속에 숨어 다니는 초능력은 한국이나 아랍 무대에서는 충분히 통하는 무기였다.

거기에 대한민국 국가 대표 팀 타이틀도 달고 있으니 실력에 신용이 갔다.

"너 공부 좋아하잖아. 가서 아랍어도 공부하고 영어도 공부하고 일본어도 공부해. 그것도 나름 네 값어치를 높이는 방법 아니겠냐?"

"그거 진심이죠?"

"응. 언어나 신나게 공부해라. 내가 보기에 너는 나중에 지도자가 될 자질도 없어 보이니까 아예 그쪽으로 뚫어. 언어가 원활하면 코치로 쓰임새는 많지. 아, 선수 분석 프로그램도 좀 공부해라. 그럼 금상첨화겠다."

"에휴, 배려 없이 말을 막 하시는 건 변함없으시네요."

"그게 나야."

"그래도 나아가야 할 방향은 알게 되었어요."

윤범은 미소를 지었다.

"저 떠날게요. 돈이나 실컷 벌죠 뭐. 그동안 감사했어요. 덕분에 선수 생활을 할 수 있게 되었어요."

"그래, 가서도 훈련은 열심히 해. 민첩성이나 테크닉은 아직 성장할 여력이 있어."

"네."

그렇게 윤범을 떠나보내기로 확정되었다.

윤범을 찾는 곳은 많았기 때문에 이적 협상은 어렵지 않았다.

이미 여러 곳에서 들어와 있는 오퍼 중에 가장 금액이 높은 곳을 선택하면 그만이었다. 역시나 아랍권 클럽이 가장 통이 컸다.

윤범은 UAE 소재의 클럽과 계약했다. YSM은 30억 원의 이적료를 받았다.

"자, 이제 남은 건 선수 복지다! 선수들이 오고 싶어 하는 클럽을 만들겠어!"

백제호를 채근하여서 클럽하우스 앞에 빌라가 당장 건축되고 있었다.

시공을 맡은 업체는 초인들로 이루어진 작은 건설 업체였다. 건축과 관련된 초능력을 가진 이들로 구성되어 있어서 무척 빠른 건축 속도를 자랑했다. 그 덕에 몸값이 매우 비싸다고 했다.

서문엽은 그들에게 다소 특이한 요구를 했다.

"일단 한 채만 먼저 빠르게 지어주십쇼."

"한 채만요?"

"네, 그리고 나머지는 지반만 다져놓고 4채를 더 지을 수 있는 건축 자재만 갖다주세요."

서문엽은 바로 여왕이 데리고 있는 지저인 '관측'을 염두에 두고 있었다.

재료만 있으면 관측해서 기억 속에 저장한 대상을 똑같이 구현할 수 있는 초능력을 지닌 쓸모 있는 지저인.

배틀필드의 던전들도 만들었으니, 지반과 재료만 갖춰지면 빌라 4채쯤은 후딱 만들어줄 터였다.

건설 회사 사장도 눈치가 빨랐다.

"초능력 있는 분이 있으신가 보군요?"

"네. 견본과 재료만 있으면 후딱 복사해 버립니다."

"와, 엄청난 초능력인데요?"

"그러니까 그 견본이 되는 빌라 한 채를 아주 잘, 그리고 빨리 지어주셔야 합니다."

"그거야 저희의 특기죠. 저희들의 초능력을 집중하면 2개월이면 됩니다."

"그렇게 빨리요?"

"하하, 이쪽과 관련 있는 초능력 가진 친구들만 모였습니다. 거의 어벤져스죠."

초인들은 일반인과 달리 몸 쓰는 일을 전혀 어려워하지 않아서 건축업에 많이 종사하고 있었다. 그들로서는 별로 어렵지도 않은 노동을 하고 높은 수익을 거둘 수 있는 업종이 세상에 널려 있었던 것이다.

그렇다 보니 건축 관련 초능력을 지닌 초인도 많이 생겨나고 있었다.

그런 이들은 그야말로 모든 건설 회사가 스카우트하고 싶어 하는 성공한 인생이 된다.

서문엽은 눈을 빛냈다.

"그럼 오러를 충전시켜 주는 초능력 가진 애가 붙으면 어떻게 됩니까?"

사장은 눈이 휘둥그레졌다.

"그러면 초능력을 더 사용할 수 있으니까 훨씬 더 단축되겠죠."

"그럼 1개월 만에 빌라 한 채 지어봅시다."

"헉!"

"이 정도로 우리가 급합니다."

원룸텔 소리나 듣는 저놈의 선수 숙소를 개선하고 싶었다.

그렇게 5층짜리 호화 빌라 5채를 짓겠다는 서문엽의 원대한 계획이 시작되었다.

서문엽은 선수들을 전부 모아놓고 새로운 선수 복지 구상에 대해 알렸다.

"이제 우리 클럽 선수는 누구나 50평짜리 호화 빌라에서 살게 된다! 한 선수마다 한 집씩! 가족들을 불러와도 되고 혼자 살아도 돼!"

"오오오!!"

"클럽하우스에 편의점도 작게 만들 거다!"

"우와아!"

"지, 진심인가!"

"아직 안 끝났어! 아예 선수 관리 팀을 따로 조직해서 가사도우미와 시설 관리인들을 고용할 거야. 필요한 게 있으면 관리인에게 말해 다음 날 사 줄 수 있도록."

선수들은 입을 쩌억 벌리며 경악했다.

열악한 환경에서 아웅다웅 지내야 했던 선수들로서는 그야 말로 혁명을 맞이한 것이었다.

이나연이 번쩍 손을 들었다.

"개리 윌리엄스 때문에 만드는 거죠?"

"당연하지! 이딴 산골에 외국 선수가 오기나 하겠냐?"

서문엽의 뻔뻔한 말에 선수들은 웃음을 터뜨렸다.

조승호도 질문이 있는지 손을 들었다.

"돈이 남아도시나요?"

"좋은 질문이다. 건물주는 백제호다. 월세는 클럽에서 내주 니 너희는 걱정 마라."

"아……."

"하긴 백제호 감독님이면……."

선수돌은 금방 수긍했다. 백제호는 한국에서 손꼽히는 부 자였다.

"이 모든 일들이 우리 승호가 도와준다면 1개월 만에 완성 될 수 있다."

"네?!"

조승호가 깜짝 놀랐다.

선수들도 마찬가지였다. 선수들 숫자에 맞게 빌라를 짓는 데 어떻게 1개월밖에 안 걸린단 말인가?

"이쪽 관련 초능력을 지닌 사람들이 지금 공사를 진행 중인데, 네가 오러를 충전해 주는 일을 1개월만 해준다면 딱 좋을 텐데……."

"저, 저는 배틀필드 프로 선수지 노가다가 아닌데요."

조승호는 그렇게 거절하면서도 주위 선수들의 기대 어린 눈빛에 부담을 느꼈다.

"올해 연봉 2배."

서문엽이 넌지시 제안했다.

조승호는 그 말에 흔들렸다.

"한 달만 하면 되는 거죠?"

"어."

"그것 때문에 오러가 부족해서 경기에 지장 생길 텐데요."

"피에트로가 출전할 거야."

"실은 공사 현장에서도 알바해 봤어요. 맡겨만 주세요."

전 택배 업계의 왕자가 이번에는 건설 현장에 뛰어들었다.

서문엽은 내친김에 여왕에게도 연락했다.

―알겠어요. 그건 쉬운 일이죠.

여왕은 쾌히 승낙했다.

공간 이동으로 한국에 후딱 올 수 있고, 복사+붙여넣기로 빌라 4채를 짓는 건 쉬운 일이었기 때문이다.

YSM을 명문 클럽으로 만들기 위한 서문엽의 행보가 시작되었다.

　　　　*　　　　　*　　　　　*

　그 뒤로 휴식기는 한가하게 보냈다.

　조승호만 숙소에 머무르며 건설 현장을 도울 뿐이었다.

　현장에서 노다가를 뛰라는 것도 아니고, 숙소에서 책 읽다
가 가끔 나와서 오러 전달만 해주면 되는 일이었다.

　그것만 1개월 하면 연봉이 2배이니 조승호는 별달리 불만
이 없었다.

　너무 한가한 나머지 가끔 현장에서 물체 전달로 일을 도와
줄 정도였다.

　"하하, 이 친구 물건이네. 선수 생활 때려치우면 우리 회사
에 와!"

　"웬만한 KB-1 선수들 연봉보다 많이 번다고?"

　건설 업계의 어벤져스라는 초인들은 그런 조승호를 칭찬해
주며 계속 입사를 권유했다고 한다.

　휴식기가 끝나고 조승호는 여전히 건설 현장을 도와주는
무렵, 가브리엘 감독은 다시 팀 훈련을 재개했다.

　서문엽도 이번에는 손 놓지 않고 직접 나섰다.

　"감독, 사니야하고 남궁지훈은 내가 데리고 특별 훈련을 해
도 돼?"

　"예, 좋습니다. 그런데 남궁지훈은 의외군요?"

사니야는 단연 가브리엘 감독이 가장 신경 쓰는 선수였다.

팀 내에서 가장 중요한 선수 3인을 꼽자면 서문엽, 피에트로, 사니야의 순서다.

천하무적의 서문엽이야 기량이나 전술적 판단을 터치할 일이 없었다. 따로 사전에 연습하지 않아도 경기 출전 당일 전술의 개요를 척 듣고는 자기 방식대로 선수들을 이끌며 120% 소화한다.

피에트로 아넬라는 정말 건드릴 게 없는 전술 무기였다. 그의 초능력은 조직력 훈련이 따로 필요 없다.

사니야 아흐메토바야말로 전 세계가 주목하는 유망주였다. 앞으로의 성장이 기대되는 만큼, 가브리엘 감독은 그녀를 키우는 데 심혈을 기울였다.

다행히 파리 뤼미에르 BC에 있을 적에 유소년 팀도 맡았던 가브리엘 감독이라 사니야를 잘 관리했다.

그녀는 조직력 훈련 같은 것보다는 당장 개인 기량을 키우는 일이 더 중요했다.

다만 남궁지훈은 사니야와 달리 큰 재능이 안 보였으므로 의외였다.

"걔는 검술이 좋잖아."

"그야 그렇습니다만."

"검술 하나만큼은 일류가 될 수 있어. 그래서 내가 지도하려고."

―대상: 남궁지훈(인간)

―근력 65/65

―민첩성 70/75

―속도 75/80

―지구력 63/63

―정신력 80/85

―기술 85/95

―오러 79/79

―초능력: 보호

본래 서포터였다가 기술의 재능이 높은 걸 알고서 근접 딜러로 포지션 변경시킨 남궁지훈.

서문엽의 판단이 적중하여서 성장세가 좋았다.

근력은 65를 다 채웠다. 그래 봤자 세계 무대에서 뛰기에는 아쉬웠지만 어쩔 수 없는 부분.

민첩성도 70으로 크게 올랐다. 근접 딜러로서 찰나의 순간에 목숨이 오가는 육박전을 많이 치르니 자연히 성장한 것.

역시나 세계 무대에서 활약하기에는 부족하지만 75까지 다 찍으면 그래도 간신히 최소한의 요건은 충족할 수 있을 것이다.

63가 한계인 지구력도 아쉽긴 마찬가지.

그러나 85/95라는 수치를 가진 기술이 남궁지훈의 진정한 메리트였다.

현재 YSM 선수들 중 월드 챔스에서 먹힐 만한 선수는 사실 많지 않다.

대개 근력, 민첩성, 지구력 등의 피지컬의 격차 탓이었다.

그런데 남궁지훈은 기술 95로 어떻게든 비벼볼 수 있는 수준은 될 수 있는 것이다.

부족한 피지컬 탓에 위험을 받지만 본인도 고차원적인 검술로 상대를 위협할 수 있는 것.

'부족한 피지컬은 보호로 때우면 되고, 애도 끝까지 데려간다.'

남궁지훈을 거기까지 키우기 위하여 서문엽은 사니야와 함께 던전에 접속시켜서 특훈을 시작했다.

"사니야."

"네, 삼촌!"

사니야는 서문엽과 친분이 있었던 현 카자흐스탄 배틀필드 협회장 티무르의 딸이었다. 그래서 삼촌이라고 부르는 것이었다.

서문엽은 인자한 미소를 띠었다. 이번엔 분노 폭발 직전의 미소가 아니라 정말 흐뭇해서였다.

―대상: 사니야 아흐메토바(인간)

—근력 75/87

—민첩성 86/93

—속도 81/88

—지구력 84/84

—정신력 83/83

—기술 84/97

—오러 87/90

—리더십 72/72

—전술 54/81

—초능력: 근력 강화

양손 창으로 적 탱커의 가드를 깨부수다 보니 근력은 75로 업.

찰나의 킬 기회를 놓치지 않으려다 보니 민첩성도 86으로 업.

도망가는 적을 뒤쫓다 보니 속도도 81로 성장.

서문엽이 가장 중시 여기는 지구력 훈련을 받다 보니 지구력은 84/84로 껑충.

무엇보다도 서문엽과 프랑스에서 초빙한 창술 코치 막심 블랑코가 함께 만든 맞춤 창술에 숙달되면서 기술은 84로 올랐다. 한계가 97까지이니 얼마나 대단한 재능인가?

전술도 크게 올랐지만 이는 뛰어난 전술가인 가브리엘 감독

밑에서 선수 경험을 쌓다 보니 당연한 일.

이러한 능력치를 가진 선수인데 나이는 고작 만 19세였다. 서문엽이 흐뭇하지 않을 수가 없는 것이었다.

"내가 너만 보면 마음이 정화된다."

그 말에 사니야도 따라 웃었다.

"한국에서 반 시즌 뛰어보니 어떠니?"

"재미있어요. 실력이 느니까 킬도 더 많이 따서 좋아요."

"그래그래, 근접 딜러로 포지션 바꾸길 잘했지?"

"네!"

본래 서문엽 스타일을 모방한 탱커였다가 긴 양손 창을 든 근접 딜러로 탈바꿈한 사니야. 그 뒤로 양손으로 호쾌하게 킬을 따는 손맛에 제대로 맛들인 그녀였다.

"그래, 우리 사니야. 얼마 전에 A매치 경기 봤니?"

"네! 삼촌이 최고였어요!"

사니야는 영국전 얘기를 꺼내니 흥분했다. 서문엽이 그야말로 레전드를 찍은 명경기였기 때문.

"삼촌 혼자 개고생한 거 봤지?"

"네."

"아무리 실력 차이가 있다지만, 한 타 싸움에서의 전술은 우리가 우세했거든. 그런데도 그 짝이 났어요. 우리나라 딜러들 문제점이 뭘까?"

"킬 결정력이 약해요."

"그래, 근데 킬 결정력이 왜 약할까?"

"음… 잘 모르겠어요."

"계속 왜, 왜, 하고 의문을 품고 답을 찾아야 깊이가 생기는 거란다. 아무 생각 없이 보지 말고 고찰을 하도록 해."

"네!"

"자, 그럼 지훈아. 넌 어떻게 생각해?"

"탱커 라인을 돌파 못 했습니다."

"그래!"

서문엽이 소리쳤다.

"우리나라 선수들은 개인기로 솔로 킬을 죽어라 못 내! 탱커 라인을 돌파하지 못하니까 그런 거야. 그게 안 되니까 조직력 운운하며 수비만 하는 거야."

"맞습니다."

남궁지훈도 스스로 느끼는 문제점이었기에 고개를 끄덕이며 인정했다.

"어느 팀이나 전방에는 탱커가 방패를 들고 서 있어. 그걸 못 뚫으면 위협이 안 돼. 여기 한국 리그에서는 다 똑같은 놈들이라 티 안 나지만, 월드 챔스에 나가봐! 돌파 못 하는 근접 딜러는 전혀 위협이 안 돼! 결국 너희는 버티고 킬은 나 혼자 하는 그림만 그려지는 거지."

영국전이 딱 그 모양새였다.

"지금은 피에트로도 합류했으니 한결 낫지. 그렇다고 나랑 피에트로만 킬을 내고, 너희는 버티기만 하는 떨거지들에 속하고 싶은 건 아니겠지?"

"싫어요!"

"아닙니다!"

씩씩하게 대답하는 두 사람.

"자, 그래서 너희가 오늘부터 집중적으로 받을 훈련은 가드 뚫기다."

서문엽은 오른손은 등 뒤로, 왼손만 방패를 들고 섰다.

"자, 둘 다 덤벼."

스승 서문엽의 장점.

직접 상대가 되어 몸으로 체감시켜 줄 수 있다는 점이었다.

그렇게 싸움이 시작되었다.

사니야는 양손 창으로 힘을 가해 강제로 밀어붙였고, 남궁지훈은 방패가 커버하지 못하는 공간으로 검을 찔러 넣으려 했다.

하지만 서문엽의 방패 컨트롤 앞에서는 어림없었다.

방패만 바쁘게 움직이는 게 아니라, 때로는 방패는 놔두고 몸만 움직이며 위치를 계속 변환했다.

사니야는 서문엽에게 배웠던 탱커 부수기 테크닉, '양손 내리 찌르기'를 펼쳤다.

쿠우웅!

정면에서 찔렀는데도 위에서 아래로 가해지는 듯한 무게감까지 더해졌다.

서문엽은 살짝 무릎을 굽히며 끝까지 받아내는 데 성공했다.

"사니야! 변칙을 힘의 방향만 갖고 주려 하지 마. 타이밍도 변화를 줘서 교란시키란 말이야!"

"네!"

사니야는 순간적으로 근력을 40% 강화시키는 근력 강화로 계속 서문엽을 흔들고 있었다.

하지만 남궁지훈의 경우는 속수무책이었다.

퍽!

"컥!"

남궁지훈은 서문엽의 발길질에 다리가 걸려 균형을 잃었다.

서문엽은 비틀대는 남궁지훈을 엄폐물 삼아서 사니야의 맹공까지 따돌렸다.

남궁지훈의 문제점.

탱커를 돌파할 능력이 없었다.

탱커의 굳건한 가드를 흔들 파워도 없었고, 그렇다고 아예 빨리 움직여서 따돌릴 수 있는 스피드도 없었다.

무기가 긴 것도 아니고 그냥 검 한 자루이니 근접해야 하는데, 몸싸움이 강한 탱커에게 밀착한 것만큼 위험한 게 없었다.

"스톱."

서문엽이 대련을 중단했다.

사니야는 2 대 1로 일방적으로 공격했음에도 유효타를 적중시키지 못해 분한 표정이었다.

서문엽은 남궁지훈에게 말했다.

"지훈아, 너 탱커 어떻게 돌파할래?"

"……"

"너도 떠오르는 플랜이 없지?"

"예."

"그럼 동료가 흔들어주어서 빈틈이 나타날 때까지 기다려? 그게 바로 전형적인 대한민국 딜러들이다."

고개를 숙이는 남궁지훈.

서문엽은 문득 들고 있던 방패를 사니야에게 던져주었다.

방패를 받아 든 사니야는 의아한 표정이 됐다.

"지훈아, 너 문 열 때 어떻게 하냐?"

"문이요? 그야 손잡이를 잡고 열죠."

"그래, 손으로 열지?"

서문엽은 사니야에게 다가갔다.

"방패 꽉 잡아."

"네!"

사니야는 탱커 출신이라 방패를 단단하게 붙들었다.

그런데 서문엽은 삽시간에 손을 뻗어, 방패 안쪽을 잡고 바깥으로 젖혔다.

뒤늦게 사니야가 버티려 했지만 10㎝ 정도 공간이 열렸다. 안에서 밖으로 당기니 순간적으로 힘의 방향이 익숙지 못해 대응 못 한 것.

"상대가 일류 탱커라서 더 단단하다고 쳐보자. 그래도 최소 3㎝는 공간이 열리겠지? 그 틈새로 검을 밀어 넣을 수 있어 없어?"

"이, 있죠."

"그래, 그거야. 힘도 스피드도 안 되면 그냥 손으로 잡아 뜯어."

"그러면 너무 위험하지 않나요?"

"위험을 감수하지 않고서 어떻게 상대를 위험하게 만들 수 있겠어?"

다시 방패를 돌려받은 서문엽.

"이건 아주 고도의 테크닉이다. 실패하면 네가 더 위험해지지. 그래도 해야지? 싸움에서는 네가 직접 탱커를 해결해야 하는 순간이 올 테니까."

"알겠습니다."

희망을 얻은 남궁지훈은 힘차게 고개를 끄덕였다.

그 뒤로 힘으로 밀어붙이는 사니야에 이어, 남궁지훈도 과감하게 접근해 서문엽의 방패를 노렸다.

가까이 접근할 때마다 서문엽은 몸싸움으로 튕겨 버렸지만, 스스로에게 보호를 써서 버티는 남궁지훈이었다.

"그래! 그거야! 넌 보호막을 두를 수 있으니까 위험을 감수해도 돼!"

"네!"

"자, 계속 와봐! 두 사람이서 최소한 내가 창을 들게는 해야지?"

분석안으로 보니, 사니야와 남궁지훈의 기술이 1씩 올라 있었다.

서문엽은 흐뭇한 미소를 지었다.

이렇게 집중적으로 가르치면 쭉쭉 성장할 텐데 왜 지금껏 방치했을까?

그것은 이유가 있었다.

전반기 시즌에 수많은 경기를 치르며 실전 경험이 쌓일 때까지 기다렸다.

경험이 있기에 서문엽의 가르침에 공감하고 녹아들 수 있는 것이다.

아직 선수들의 새로운 숙소 공사가 끝나지 않았을 무렵.

후반기 시즌이 시작되었다.

공사 현장에 도움을 주고 있는 조승호는 결장.

조승호에게 화살 공급을 받아 끊임없이 견제 플레이를 펼쳤던 이나연도 잠시 쉬었다.

"넷티야, 넌 실전 경험은 충분하니 잠시 쉬면서 특별 훈련을 받자."

"특별 훈련요?"

눈을 반짝이는 이나연.

서문엽은 그런 그녀의 어깨를 툭툭 쳤다.

"오늘부터 육상 선수가 됐다 치고 신나게 달려보자."

"육상?!"

속도 95/100.

이미 충분히 빠르다고 생각한 이나연으로서는 황당한 주문
이었다.

하지만 서문엽은 100을 다 채우고 싶었다.

다른 부분은 다 별로지만 속도 하나는 세계 최고로 만든다
면, 월드 챔스 무대에서도 뭔가 한몫해 주는 그림을 만들 수
있을 것 같았다.

두 사람이 빠지자 YSM의 팀 컬러도 변화했다.

가브리엘 감독이 말했다.

"초반부터 바로 전원 압박으로 한 타 싸움을 유도한다. 그
리고 전투에서 선봉은 사니야와 남궁지훈이다."

그간 특훈의 성과를 보여달라는 주문이었다.

"명문 클럽 근접 딜러의 모습을 보여주도록."

"네!"

"넷!"

사니야와 남궁지훈의 얼굴에는 자신감이 넘쳤다.

상대 팀은 KB—1 중위권 클럽인 산영BC.

그날 경기에서 사니야와 남궁지훈은 주문대로 최고의 활약을 펼쳤다.

사니야는 그야말로 불도저처럼 힘으로 탱커들을 거꾸러뜨리며 최고의 활약을 펼쳤고, 남궁지훈은 과감하게 접근해서 방패를 손으로 잡아 뜯고 킬을 하는 명장면을 보여주었다.

탱커를 상대로 전혀 두려워하지 않는 천적의 모습을 보여주면서, YSM의 강력함을 더욱 부각시켰다.

*   *   *

집중적으로 가르친 사니야와 남궁지훈이 근접 딜러로서 적 탱커를 돌파하는 데 자신감이 붙자, 이번에는 다른 선수를 교육 대상으로 선정했다.

"최정민, 박영민."

"넷!"

"예!"

호명된 두 선수가 벌떡 일어났다.

서문엽이 말했다.

"오늘부터는 너희가 내게 교육을 받는다. 영광이지?"

"예!"

소설가 지망생 출신 최정민은 씩씩하게 대답했지만.

"네……."

PC방 양아치 출신 박영민은 못내 불안하다는 표정이었다. 영입 과정에서 서문엽에게 얻어터진 적이 있었던 탓.

"박영민이."

"네……."

"왜 이렇게 힘이 없어? 아버지가 또 술 드셔?"

"아, 아뇨. 술병만 봐도 기겁하시는데요."

술과 노름에 미쳐 있던 박영민의 부친은 서문엽의 참교육으로 개과천선했다고 한다.

"그럼 요즘은 뭐 하시는데?"

"일자리를 알아보시긴 한데 여의치 않은 것 같아요. 근데 이제 제가 돈 버니까 형편은 많이 좋아졌어요."

"어머니는?"

"아직 식당 일 하시죠. 이제 그만두라고 말씀드렸는데 도……."

출신은 양아치였으나 그간 선수 생활을 해오면서 박영민은 많이 달라졌다.

팀 동료들과 호흡 맞추며 신뢰를 다져가면서 자연히 성숙해진 것이다.

잘못하면 무서운 형에게 맞는다는 공포도 인격 함양에 한몫했고 말이다.

"그래, 그럼 이번에 선수 숙소 완공되면 가족들 다 불러와서 함께 살아. 어때?"

"네?"

놀란 박영민에게 서문엽이 눈을 부라렸다.

"뭘 놀라? 50평이라고 했어, 안 했어? 그 넓은 집에서 혼자 살려 했어? 전에 보니까 너희 집은 전용 15평 정도던데."

"그, 그건 그렇지만……."

"왜? 그 넓은 데서 혼자 살면서 친구도 부르고 여자도 불러서 놀며 프리하게 살려 했어? 가족은 다 내팽개치고? 이거 아직 정신을 못 차렸네."

서문엽이 주먹을 말아 쥐자 박영민이 황급히 말했다.

"아, 아뇨! 당연히 같이 살까 고민했죠! 어머니가 일을 관두시려 할까 걱정했어요."

"어머니는 고생 많았으니까 이제 쉬시라 하고, 네 아버지 여기서 일하라고 해. 선수 관리 팀 구성할 거라고 했잖아. 시설 관리인 하면 되겠네."

"정말요?"

박영민이 반색했다.

"그래, 여기서 일하면서 내 시야 안에 두면 나중에라도 또 술이나 노름에 손댈 생각 안 들걸?"

"알았어요. 그렇게 설득해 볼게요."

괜히 한 말은 아니었다.

박영민은 정신력이 낮은 편이라 가족이 함께 있는 편이 좋다고 판단한 것.

그에 비해 최정민은.

'얘는 정신력은 참 좋은데 나머지 능력이 아쉽단 말이야.'

최정민과 박영민.

두 선수의 현재 능력치는 다음과 같았다.

─대상: 최정민(인간)

─근력 71/71

─민첩성 81/81

─속도 68/68

─지구력 57/57

─정신력 90/90

─기술 82/87

─오러 63/63

─리더십 32/37

─전술 89/95

─초능력: 관찰

─관찰: 상대를 관찰하여 약점을 찾아낸다.

먼저 최정민.

남궁지훈과 비슷하게 피지컬은 안타깝지만 기술이 좋아서 수준 높은 플레이를 한다.

근력, 민첩성, 속도, 지구력은 최대치를 채웠는데, 속도와 지구력이 KB-1 리그를 기준으로 봐도 아쉬웠다.

그보다도 63밖에 안 되는 오러가 더 아쉬웠다.

그럼에도 무난한 활약을 할 수 있는 이유는 바로 초능력 관찰과 높은 전술적 이해도 덕분.

'하지만 기술을 다 채워도 87이고, 결국은 관찰로 때워야 하는데, 이것만으로는 세계 무대에서 써먹기는 부족한데.'

남궁지훈은 기술 재능이 95나 되기 때문에 검술을 연마하면 피지컬을 극복할 수도 있을 것이다. 그래도 부족한 부분은 보호로 때우면서 말이다.

하지만 최정민은 관찰과 전술 두 가지로 어떻게든 해나가야 하는 처지였다.

―대상: 박영민(인간)

―근력 76/84

―민첩성 70/85

―속도 68/81

―지구력 70/70

―정신력 60/62

―기술 62/81

―오러 74/76

―리더십 12/32

―전술 42/54

―초능력: 화염검

―화염검: 검에 충돌 시 작은 폭발을 일으키는 불꽃을 입힌다.

다음은 박영민.

이 녀석은 한국에서는 보기 드문 재능의 소유자였다.

근력, 민첩성, 속도의 재능이 모두 80대인 인재가 이 나라에서는 더럽게 찾기 어렵다.

그러면서도 초능력도 좋았다.

무기에 불꽃을 입혀서 충돌할 때마다 작은 폭발을 일으키니, 적에게 타격을 입히기 안성맞춤이었다.

재능을 전부 키우면 빅 리그에서 뛰어도 될 선수가 된다.

유소년 시절을 양아치 짓으로 낭비하지만 않았어도 지금쯤 국가 대표로 불려 다녔을 터였다.

'이놈은 영입하자마자 지옥 훈련을 시켰었지.'

70이었던 근력은 76으로 상승.

63밖에 안 되던 민첩성도 70까지 끌어 올렸다.

속도도 60밖에 안 되던 느림보를 68로 만들었으니, 단기간에 얼마나 굴렸는지 알 수 있다.

지구력도 54밖에 되지 않아 금방 지치던 녀석을 70까지 다 올려 버렸다.

약한 놈일수록 더 열심히 싸워야 한다는 지론을 가진 서문엽이라 지구력은 특히나 신경 썼던 것이다.

아무튼 피지컬이야 가브리엘 감독이 최적의 트레이닝을 짜니 한계까지 올리는 것은 어렵지 않았다.

집안 문제도 안정된 덕에 정신력도 60으로 초인들의 평균치가 되었다.

문제는 기술.

유소년을 허송세월한 탓에 기본기가 너무 부족했다.

기본기부터 다시 가르치고 실전 경험을 계속 치르게 했는데도 이제 겨우 62였다.

"그래도 처음 봤을 때보다는 많이 성장했어."

서문엽은 박영민을 보며 말했다.

박영민은 울컥했다.

"당연하죠! 제가 얼마나 열심히 했는지 몰라주시면 안 돼요!"

옆에서 최정민도 고개를 끄덕이며 인정했다. 그가 봐도 박영민은 입단했을 때부터 지금까지 엄청난 고생을 했다.

그 덕에 유소년만도 못했던 박영민이 반년 만에 프로 선수로서 제 구실을 할 수 있게 되었다.

"이 새꺄, 그래도 아직 멀었어. 아직도 테크닉만 따지면 너보다 좋은 유소년이 얼마나 많은 줄 알아?"

"이씨……."

박영민은 입술을 삐죽 내밀었다.

"자, 너희 둘은 저마다 하나씩 하자가 있는 애들이다."

"전 왜요?"

최정민이 물었다.

박영민과 같이 취급되니 불만인 듯했다.

"넌 오러양이 적어서 한 방이 없어. 피지컬도 한계고."

"……."

돌 직구에 최정민은 침묵했다.

"그리고 박영민은 피지컬도 잘 타고났고 초능력도 좋은데 기초가 너무 부족해."

박영민은 누누이 듣던 얘기라 딱히 불만이 없었다.

"그래서 너희 둘을 하나로 묶었다. 최정민."

"예."

"네가 앞으로 박영민을 데리고 다녀."

"네?"

"박영민은 최정민의 지시를 받아 움직인다. 둘이 한 쌍이 되어서 협력 플레이를 하는 거야."

최정민의 높은 전술 이해도를 활용하기 위해 부릴 수 있는 부하를 둔 것.

거기에 박영민은 최정민에게 날카로운 플레이를 배워서 기술을 성장시킬 의도가 담겨 있었다.

그렇게 협력 플레이로 두 사람이 성장한다면, 박영민은 재능을 만개하여 국내 정상급 근접 딜러가 되며, 최정민은 팀 내 서브 오더를 맡을 수 있다.

"사니야와 남궁지훈은 선봉에 서서 적 탱커를 돌파하는 역할을 맡을 거고, 그럼 너희의 역할은 뭘까?"

"적의 가드가 뚫리면 들어가서 킬 잔치 벌이나요?"

최정민이 말했다.

서문엽은 고개를 끄덕였다.

"그래, 나중에는 너희 둘 다 훨씬 더 중요한 역할을 맡게 될 테지만, 지금은 일단 그게 목표다."

서문엽은 두 사람과 함께 던전에 접속했다.

이번에는 방패 없이 창만 들고 나타난 서문엽이었다.

"탱커가 뚫리면 그 뒤에는 딜러들이 있지. 자, 나를 적 근접 딜러라고 생각하고 덤벼봐."

사니야와 남궁지훈이 뚫으면, 이 둘이 들어가 킬을 쓸어 담는다. 서문엽은 그런 구상을 하고 있었다. 그래서 이번에는 방패를 버리고 딜러 역할을 맡았다.

박영민은 최정민이 지시를 내릴 때까지 기다렸다.

그런데 최정민은 서문엽과 대치를 하더니 덤비지는 않고 입을 열었다.

"저기, 구단주 형?"

"왜 인마?"

"무기도 다른 걸로 바꿔주시면 안 될까요?"

"뭐 인마? 방패 없으면 됐지 또 무슨 페널티를 달라는 거야."

역정을 내는 서문엽.

최정민은 입술을 삐죽 내밀었다.

"관찰을 써도 약점이 안 보여요."

"방패가 없는데도?"

"네."

기술 100/100의 위엄이었다.

"휴우……."

서문엽은 한숨을 쉬었다.

"미안하다. 형이 위대한 창술가라는 것을 잊었구나."

우수에 잠긴 눈빛으로 자기애에 빠진 서문엽.

"재수 없지만 틀린 말은 아니어서 더 짜증 나요."

서문엽은 잠시 후 무기를 검으로 바꿔왔다.

"이제 됐냐?"

"네. 빈틈이 팍팍 보여요."

"그럼 덤벼, 새꺄."

"네. 영민아, 먼저 가."

그렇게 두 사람이 서문엽에게 덤볐다.

서문엽은 검술에 익숙하지는 않았지만, 적정한 간격을 유지하는 방식으로 대항했다.

상대의 공격 거리와 자신의 공격 거리를 파악하고 있는 것만으로도 싸움은 절반 이상 마스터한 것이나 다름없다.

때문에 서문엽은 두 사람을 능수능란하게 상대했다.

최정민은 박영민을 앞세우면서도 함께 들어가 빈틈을 찔러 들어가는 시도를 많이 했다.

"박영민! 부딪쳐 주길 바라지 말고 부딪칠 수밖에 없게 만들어! 액션 영화 쳐봤냐? 챙, 챙, 챙 무기 부딪쳐 가며 싸워주냐?"

서문엽이 박영민을 독촉했다.

박영민은 이를 악물고 저돌적으로 돌격했다가 서문엽의 일격에 왼팔이 찔렸다. 박영민이 공격하려 했는데 서문엽이 더 빨리 움직인 것.

"큭!"

"너보다 반응 속도 빠른 상대한테 우직하게 와주네? 고맙다, 씨발아!"

"아 씨!"

박영민은 짜증을 내며 계속 덤벼왔다.

이번에는 최정민이 측면에서 나서서 기회를 만들어주려 했지만.

파앗!

서문엽이 또다시 기습적으로 한 발 먼저 그에게 달려들었다.

견제하려는 최정민의 검을 쳐내고 그대로 들어가.

픽!

"컥!"

몸통 박치기!

최정민은 뒤로 나뒹굴었다.

"게임 오버다! 자, 한 번씩 뒈져라!"

서문엽은 그대로 최정민을 킬해 버리고, 연이어 박영민도 가볍게 요리해 버렸다.

재접속한 두 사람은 서문엽에게 잇달아 연전연패를 당했다.

"얌마, 관찰로 내 약점 보는 거 맞아?"

서문엽이 물었다.

최정민은 한숨을 쉬며 말했다.

"그것 때문에 말인데요. 구단주 형 약점이 점점 줄고 있는데요?"

그 말에 서문엽은 자신이 쥔 검을 보고는 고개를 끄덕였다.

"검 쓰는 요령에 익숙해지고 있어서 그래. 검이란 게 베고 찌르기만 잘하면 되는 거잖아."

"……."

"알잖아. 형 천재인 거."

최정민과 박영민은 무척 아니꼬움을 느꼈다.

서문엽은 속도는 76으로 평범한 편이나, 민첩성이 97로 매우 높았다. 검만 쥐면 훌륭한 근접 딜러인 것이다.

기술이 62밖에 안 되는 박영민도 어떻게든 근접 딜러 노릇을 하는데 서문엽이 한 번도 안 해본 포지션이라고 그보다 못할 리가 없었다.

그렇게 최정민과 박영민은 계속해서 서문엽에게 데스를 당하며 지옥 훈련을 치렀다.

그런 훈련을 일주일째 치르자 성과가 나타나기 시작했다.

YSM의 주전 근접 딜러 4인이 한층 더 공격적이게 되었다.

사니야와 남궁지훈이 적 탱커진을 돌파하면 그 틈을 노리고 최정민과 박영민이 안으로 파고들어서 킬을 따낸다.

가브리엘 감독은 그들의 경기력에 만족감을 표했다.

"이제야 한국 선수들 특유의 약점이 조금씩 사라져 가고 있군요. 아, 사니야야 한국인이 아니어서 그런지 원래부터 야성적이었지만요. 어떤 마법을 부리신 겁니까?"

한국 선수들의 약점은 과감성이 부족하다는 것.

조직력이라는 틀에 갇혀서 돌출된 플레이를 못한다는 것으로, 다시 말하면 공격성이 부족했다.

어릴 적부터 개개인의 개성을 매몰시키고 단체를 강조하는 교육을 받은 탓인지도 모르고, 실수하면 평가가 깎이는 선수 환경을 유소년 때부터 겪었기 때문인지도 모른다.

"별거 없는데. 그냥 포괄적이거나 추상적이지 않게 디테일한 부분을 지적해 주면 돼."

이는 기술 100의 서문엽이기에 할 수 있는 일이기도 했다.

어떻게 움직여야 더 좋은지 상세히 알고 있기 때문에 뭉뚱

그래서 애매하게 지적할 이유가 없었다.

그렇게 안 좋은 부분을 고쳐 나가면서 YSM의 근접 딜러진은 한층 수준이 높아졌다.

"내년 월드 챔스 전까지 애들 기량을 한계까지 다 끌어올려야 해. 이제 시작이야."

부족하지만 서문엽이 직접 고르고 골라서 뽑은 선수들. 다 나름의 장점이 뚜렷했고, 그것들이 합쳐지면 월드 챔스 무대도 꿈은 아니었다. 그때야 비로소 YSM은 명문이 될 수 있는 것이다.

그렇게 순조롭게 후반기 프로리그를 순항하고 있던 어느 날이었다.

〈7영웅 슈란, 중국 대표 팀 합류. 월드컵 참가 결정〉
〈내년 월드컵 출전하는 슈란, 소멸 광선의 페널티는?〉

빅뉴스가 배틀필드계를 들끓게 했다.

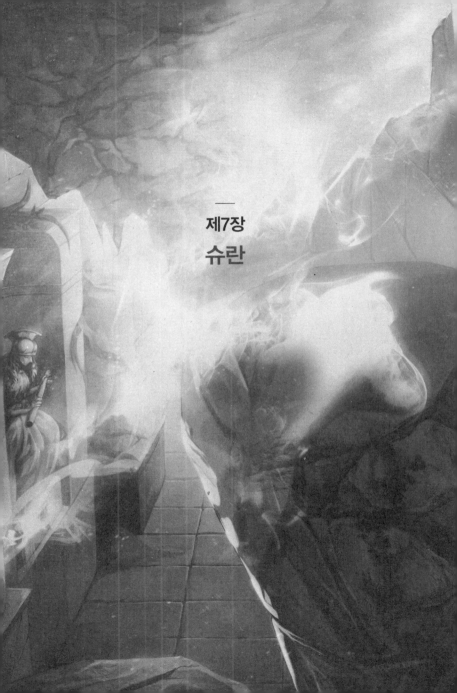

제7장
슈란

최연소 7영웅 멤버 슈란이 배틀필드에 나타났다.

그 사실은 세계를 뜨겁게 달궜다.

"듣기로는 프로리그는 아직 계획이 없고 월드컵만 출전한다고 하더라."

저녁 식사를 마치고 쉬는 동안 백제호가 말했다.

"페널티는 얼마나 풀렸대?"

"20%로 하향됐어."

"80% 위력의 소멸 광선이라……."

"위력이 줄어든 만큼 오러 소모도 20% 줄었대."

"화끈하겠네."

"화끈한 정도가 아니라 생지옥 아니냐? 소멸 광선을 사람한테 쓴다는 게 말이 돼?"

백제호는 따지듯이 물었다.

같은 7영웅으로서 슈란의 위력을 잘 아는 백제호였다.

최후의 던전을 공략하기 위한 인류의 최종 병기.

최후의 던전에서 모든 난관을 극복하고 대사제와 싸워 이기기까지, 슈란 없이는 상상하기 힘든 일이었다.

"중국이 어지간히 급했나 봐. 슈란을 끌어들이고. 설득하기 힘들었을 텐데."

그 말에 서문엽은 고개를 저었다.

"그렇게 생각하면 큰 오산일걸."

"어째서?"

"우리 생각보다 더 오래전부터 준비했을 거야."

"뭔가 아는 게 있어?"

"전에 봤을 때, 슈란에게 초능력이 하나 더 생긴 것 알지?"

"그래, 아마도 상대의 위치를 파악하는 거였지?"

"그 초능력이 어쩌다가 생겼다고 생각해?"

"그러게? 걔가 그런 초능력이 생길 이유가 있나?"

"야 이 씨발아, 무슨 얼빠진 소리야. 배틀필드를 하던 중에 생겼다고 보는 편이 설득력 있지."

"아, 그렇긴 하지."

백제호도 그제야 수긍한다.

서문엽이 계속 말했다.

"그때 보니까 체력적으로도 17살 때보다 더 단련된 느낌이었어. 지금 생각해 보니 그전부터 이미 중국은 슈란과 함께 준비하고 있었던 거지."

"급히 끌어들인 것은 아니라는 건가."

"월드컵 성적 때문은 맞겠지. 슈란 걔도 뭐 아무것도 안 하고 퍼질러 놀기도 지쳤으니까 뭐라도 일을 좀 하고 싶다는 생각이 들었을 수 있고."

중국에서 슈란은 여왕이었다.

성격도 지랄 같아서 한국에 서문엽이 있다면 대륙에는 슈란이 있다고 해도 좋을 정도였다.

수틀리면 대량 살상 광선을 날릴 수 있는 성질 더러운 여자라니, 안 건드리는 게 상책인 것이다.

이게 무슨 뜻이냐면, 슈란이 싫다면 누가 뭐라 해도 안 된다는 뜻이었다. 스스로 의지가 있었기에 배틀필드에 참가하게 되었다는 것.

"오래전부터 준비했다면 전술적으로도 이미 완성이 됐으니까 발표를 한 것이겠지?"

"아마 그렇지 않을까? 뭐, 슈란을 활용하는 전술이라고 해 봐야 안 봐도 뻔하지."

슈란을 활용하는 전술은 이미 서문엽이 선보인 바가 있었다.

그것은 철저하게 슈란을 중심으로 똘똘 뭉친 포메이션이었다.

슈란은 오러를 아끼고 아끼다가 결정적인 순간, 즉 서문엽이 지시한 순간에만 소멸 광선을 쐈다.

나머지 6인은 철저하게 슈란을 보호하며 움직였다.

꽁꽁 둘러싸서 보호했다는 뜻이 아니었다.

6인이 전장을 바쁘게 누비며 위협이 될 만한 모든 변수를 원천 봉쇄 하고 다녔다는 뜻이었다.

서문엽이 발 빠른 초인들을 위주로 7영웅을 모은 이유도 그것이었다. 최후의 던전은 엄청난 파괴력을 지닌 괴물이나 지저인이 많아 힘센 탱커라 해도 정면으로 충돌해서 버틸 수 없었으니까.

아마 중국도 그걸 재현하는 쪽으로 생각하지 않았을까 싶었다.

중국도 발이 빠르고 날렵한 선수들이 많으므로 충분히 재현이 가능했다.

슈란도 옛날에 서문엽이 어떻게 지시를 내리고 움직이는지 봐왔기 때문에 중국 대표 팀에 이를 전해줬을 테고 말이다.

"꽁꽁 숨겨왔다가 이제야 드러내네. 음흉한 놈들."

이제 곧 있으면 월드컵 지역 예선이 시작된다.

아시아도 아시아 국가끼리 월드컵 출전 티켓을 놓고 다투게 되는 것이다.

물론 지역 예선이야 사실 어려울 게 없었다.

아무리 못한다고 무시당해도 아시아에서는 그럭저럭 수준이 높은 편이었다. 월드컵 본선은 항상 진출했던 대한민국이었기에 이번 예선도 뚫기 어렵지는 않았다.

다만 지역 예선에서 중국하고도 충돌하게 되는 것은 불문가지.

원래 중국에게는 늘 밀렸지만, 이번에는 서문엽도 출전하기 때문에 지면 평소와는 다른 질타를 받게 될 터였다.

"비밀리에 슈란을 준비한 중국이 음흉하긴 하지만, 피에트로를 귀화시킨 우리가 할 말은 아닌 것 같다."

실실 웃으며 대꾸하는 서문엽.

"생각해 보니 그렇긴 하네. 그 녀석의 실체를 생각하면 진짜 음흉한 건 우리지."

백제호는 그리 말하며 한숨을 쉬었다.

"살다 살다 대사제가 우리나라 국가 대표 선수로 뛰는 꼴을 보게 되다니."

"슈란과 좋은 대결이 될 거야."

그렇게 말하며 서문엽은 실실 웃었다.

괴수대전이라 해도 좋을 것이다.

슈란이 소멸 광선을 쏜다면, 피에트로는 영령의 일격으로 전장을 쓸어버릴 테니까.

"혹시 최후의 던전 동료들 중 피에트로 때문에 연락 온 친구들은 없었어?"

백제호가 물었다.

"있었지. 엠레 카사."

*   *   *

베를린 블리츠 BC.

인류를 구한 7영웅 멤버이자 월드 챔피언스 리그 우승컵을 4번이나 들어 올린 명장 엠레 카사는 최근 수심에 잠겼다.

'파리에게 밀리고 있다.'

파리 뤼미에르는 베를린 블리츠와 언제나 최고를 다투는 라이벌 관계였다.

두 클럽의 치열한 경쟁은 지난 5년을 돌이켜봐도 알 수 있었다.

2018년 월드 챔스 우승, 파리 뤼미에르.

2019년, 2020년, 베를린 블리츠의 2년 연속 월드 챔스 우승.

2021년, 파리 뤼미에르 우승.

2022년, 베를린 블리츠 우승.

세계 최고의 선수로 톱3가 있듯이 클럽 또한 톱3라 불리지만, 최근 들어서는 파리와 베를린의 양분이었다.

함께 톱3라 불렸던 뉴욕 베어스는 2010년대를 풍미했지만 2016년을 마지막으로 월드 챔스 우승컵과 인연이 없었다.

오히려 2017년에 로이 마이어라는 신성의 출현과 함께 깜짝 우승을 차지한 LA 워리어스가 파리, 베를린의 새로운 대항마로 불리고 있었다.

어쨌거나 추세는 이미 미국의 클럽들이 재미 보았던 파워 게임이 저물고 있다는 뜻이었다.

물론 파워 게임의 새로운 계승자인 제럴드 워커가 무섭게 성장하고 있지만 아직은 톱3에 비해 부족하다는 평가였다.

아무튼 톱3로 분류되는 세 클럽들은 스타일이 뚜렷했다.

뉴욕 베어스는 빅맨 클래식 탱커 위주의 4탱커 파워 게임. 클래식 탱커가 하향세로 접어들면서 뉴욕 베어스도 함께 저물었다.

물론 최근은 제럴드 워커가 폭발적으로 성장하면서 다시 월드 챔스 우승컵 탈환을 노리고 있었다.

최근 전술을 3탱커로 전환하고 발 빠른 딜러진으로 약점인 기동성을 보완하고 있어서 꽤 위협적이었다.

반면, 파리 뤼미에르는 바로 대세가 되고 있는 발 빠른 탱커 위주로 전체적인 기동성을 살린 3탱커 전술을 기본으로 쓰고 있었다.

그 전술의 핵심은 팀의 에이스인 나단 베르나흐가 아니라, 바로 메인 탱커 치치 루카스다.

치치 루카스는 엄청난 스피드를 구사하는 나단 베르나흐와 호흡 맞춰 움직일 수 있을 정도로 발이 빨랐다. 지금껏 파리의 전성기를 견인해 온 이는 명백히 '이탈리아의 수호신' 치치 루카스였다.

나단 베르나흐가 마음껏 날뛸 수 있는 것도, 치치 루카스가 함께 움직이며 보호해 주는 덕이었다.

그런데 올해, 2023년은 나단 베르나흐가 파리의 모든 것이었다.

2023년 유럽 챔피언스 리그.

엠레 카사 감독이 이끄는 베를린 블리츠는 결승전에서 파리 뤼미에르에게 패배했다.

'나단 베르나흐가 작년보다 더 성장했다.'

작년까지의 나단은 치치 루카스만 믿고 미쳐 날뛰는 광전사였다. 치치 루카스가 쫓아다니며 커버해 주니 이를 믿고 역량을 100% 이상 공격에 쏟아부을 수 있는 것.

하지만 올해는 한층 신중해진 플레이를 선보였다.

신중하지만 소극적인 것은 아니었다.

기회가 보이면 어김없이 뛰어들어 킬을 따내는 진정한 킬러가 된 것이다.

'세상 무서운 줄 모르고 날뛸 때가 상대하기 쉬웠는데. 대체 무슨 일이 있었던 거지?'

아직 젊은 나단은 내색하지는 않지만 넘치는 자신감을 주체 못 하는 모습이 보였다.

누구도 자신의 적수가 되지 못한다는 생각에 계속 과감해질 수가 있는 것이었다.

이는 점점 무모한 플레이로 변질되기도 하며, 베를린 블리츠는 그런 타깃을 놓치지 않았다.

하지만 올해는 달랐다.

갑자기 왜 나단이 철든 모습을 보이는지는 모르겠지만, 짐작 가는 바는 없지 않았다.

'서문엽이 파리에 갔던 적이 있었지. 아마 그때 붙어봤겠군.'

자신감이 과잉되어 있던 나단이 때마침 파리 클럽하우스를 방문한 서문엽을 가만 놔뒀을 리 없었다.

그리고 붙어보았다면.

'졌겠지.'

엠레 카사는 나단이라 해도 서문엽을 이길 수는 없다고 보았다. 던전에서 서문엽의 천재성은 상상 이상이었으니 말이다.

어쨌거나 그때 교훈을 얻었는지는 몰라도, 나단 베르나흐가 폭발적인 경기력을 보여주고 있어서 문제였다.

유럽 챔피언스 리그 우승컵은 이미 내줬고, 곧 시작되는 월드 챔스 우승컵만은 내줘서는 안 된다.

그런데 이길 수 있는 방도가 도무지 보이지 않았다.

'선수를 보강해야 하나? 서문엽을 영입할 수 있었다면 이런 고민도 할 필요 없었는데.'

참고로 엠레 카사 감독은 트렌드에 치우치지 않는 기본기 위주의 탄탄한 전술을 즐겨 썼다.

어느 한 포지션에 치우치지 않고, 모든 선수를 골고루 활용한다. 한 번도 트렌드에 치우친 적이 없어서 우승을 했을 때는 찬사를 받고, 우승을 놓쳤을 때는 고집쟁이라고 조롱을 받았다.

그렇다고 자신의 전술 스타일을 바꿀 생각이 전혀 없는 엠레 카사 감독.

하지만 나단 베르나흐를 막기 위해 선수 보강은 필요해 보였다.

그렇게 해서 이번 여름 이적 시장에서 엠레 카사 감독이 관심을 보인 선수는 바로 피에트로 아넬라였다.

소환술이라는 이상한 초능력을 쓰는데, 파괴력이 어마어마해서 엠레 카사 감독도 깜짝 놀랐다.

'근데 왜 어디서 많이 본 것 같지?'

기이한 초능력이었다.

근데 마치 오러 덩어리들 하나하나가 사람 형태로 살아 움직이는 것이, 인간이 펼칠 수 있는 초능력이 맞나 싶을 정도였다. 차라리 지저인에게 더 어울리는 초능력이었다.

아무튼 서문엽이 또 엄청난 선수를 찾아냈구나 싶었다.

그래서 여름 이적 시장이 되자마자 YSM에 오퍼를 넣었는데 단칼에 거절을 당했다.

서문엽에게 직접 전화가 왔다.

―야, 우리도 내년 월드 챔스 우승 노릴 거야. 피에트로 데

려갈 생각은 하지도 마라.

'월드 챔스 우승 경쟁이 얼마나 치열한지 알기나 하는 건가?'

월드 챔스 우승 경쟁으로 매년 피가 마르는 엠레 카사 감독으로서는 그딴 팀으로 월드 챔스를 노린다니 어이가 없었지만, 서문엽답다는 생각이 들었다.

아무튼 피에트로 아넬라 영입이 불발되면서 여름 이적 시장은 성과 없이 보냈다. 그 외에는 영입하고 싶은 선수가 없었던 것이다.

그런데 이적 시즌이 지나가고 나서야, 원하는 선수가 또 나타났다.

엠레 카사 감독은 그 선수가 나타나자마자 지시를 내렸다.

"중국 측에 연락해! 슈란에게 내가 보자고 한다고 전해. 내가 직접 찾아가겠다고."

이례적으로 엠레 카사는 바쁜 와중에도 시간을 내어서 중국에 찾아갔다.

먼저 만난 이는 중국 배틀필드 협회의 리창 부회장이었다.

지저 전쟁 시대에 수많은 던전을 공략하며 헌신적으로 싸워 영웅으로 대우받는 리창 부회장은 슈란에게 배틀필드를 하도록 설득한 공로자이기도 했다.

슈란이 말을 듣는 몇 안 되는 사람이었기에 리창 부회장을 먼저 설득할 필요가 있었다.

"규정상 프로 경기 경력이 없는 신인인 슈란은 지금도 베를린 블리츠에 입단이 가능합니다. 이는 아시지요?"

엠레 카사 감독의 말이 통역사를 통해 전달되었다.

유럽도 신인 선수의 입단 규정이 다소 자유로운 편이었다. 능력 있는 초인을 한 명이라도 더 자국으로 데려오고 싶어 하기 때문에 비자도 잘 주는 편이고 국적 취득도 적극 권장할 정도였다.

이적 기간 외에 선수 입단이 허용되려면 소속된 팀이 없고 경기 경력도 없어야 한다는 조건이 붙어 사실상 빅 리그 클럽들에게는 상관없는 이야기였지만, 슈란은 예외였다.

한국에서 갑자기 시즌 중에 나타난 피에트로와 마찬가지로 말이다.

리창 부회장이 답했다.

"알고 있소. 당신 외에도 이름 있는 클럽들이 접촉을 해왔으니까. 하지만 우리의 대답은 똑같소. 슈란은 프로 선수가 되고 싶어 하지 않소."

"배틀필드는 월드컵으로 충분하다는 건가. 슈란다운 오만함이군."

그렇게 투덜거린 엠레 카사 감독이 연이어 말했다.

"이것은 월드컵 본선까지 슈란의 경기력을 비밀로 하고 싶은 중국 협회의 입장과도 일맥상통하다고 봐도 됩니까?"

"그렇소."

리창 부회장은 그 사실을 쉽게 인정했다.

지금까지 슈란의 훈련을 비밀로 했던 것도 같은 맥락이었
다.

어떻게 해서든 이번 월드컵은 우승, 못해도 최소 준우승은
이루겠다는 강력한 의지가 들어가 있었다.

엠레 카사 감독은 입꼬리를 당기며 비웃었다.

"그래 가지고는 한국도 못 이길 겁니다."

*　　　*　　　*

"뭐라고?"

리창 부회장이 쌍심지를 켰다.

월드컵 우승을 노리고 있는데 한국 따위와 비교하다니?

아무리 서문엽이 있고 피에트로까지 합류했다지만, 한국도
못 이긴다는 평가는 무례했다.

엠레 카사 감독이 말했다.

"아무리 쉬쉬해 봤자 전술 형태가 어떨지는 뻔히 짐작됩니
다. '포격 전술'이겠지."

포격 전술.

서문엽이 최후의 던전을 공략할 당시에 선보였던 전술에 붙
은 이름이다.

철저하게 슈란을 보호하며 고비마다 소멸 광선으로 돌파했

던 바로 그 전술.

배틀필드 전술 교과서에 기본으로 실리는 것으로, 기본이라고는 하지만 아직도 연구되고 있는 세련된 전술이었다.

중요한 것은 슈란에 의존하는 것이 아니라, 위협이 되는 변수를 파악하고 제거하는 나머지 6인의 움직임이다.

그때 현장에 있었던 당사자인 엠레 카사는 그게 얼마나 복잡한 전술인지 잘 알고 있었다.

한 치 앞을 알 수 없는 미지의 던전에서 매 순간순간마다 서문엽의 임기응변에 모든 게 걸려 있는 아슬아슬한 외줄타기였다.

"슈란이 있으니 당연히 그쪽으로 생각이 드는 것도 무리는 아닙니다."

"특별히 비밀로 한 적은 없소. 슈란이라는 특별한 존재를 어떻게 다뤄야 하는지 이미 훌륭한 견본이 있는데 이용하지 않을 리 없지. 하지만 우리 나름의 연구를 통해 전술을 완성시켜 나가고 있소."

리창 부회장은 중국 배틀필드가 무시당한 듯하자 불쾌감을 느꼈다. 생각 같아서는 당장 축객령을 내려도 모자랐다.

하지만 상대는 세계적인 명장 엠레 카사 감독이자 슈란과 함께했던 7영웅 멤버. 이야기를 더 들어봐도 나쁠 것 없었다.

"일단 무례한 발언에 사과드립니다."

뜻밖에도 엠레 카사 감독은 정중히 사과했다.

그제야 리창 부회장은 그가 자신을 떠봤다는 것을 알아챘다. 무엇을 알아내기 위해 떠본 것일까? 리창 부회장은 사과를 받아주고 좀 더 그의 말에 귀를 기울였다.

"하지만 역시나 포격 전술이 슈란을 위한, 슈란에 의한, 슈란의 전술이라고 생각하시는군요."

"……?"

리창 부회장은 흠칫했다.

그 말이 사실이었으니까.

슈란의 엄청난 초능력이 아니었다면 최후의 던전을 공략하지 못했을 것이다. 중국은 당연히 그렇게 생각하며 자랑스러워했다.

물론 서문엽의 업적을 인정하고 존경하지만, 그래도 결정적인 역할은 슈란이었다고 자부심을 느꼈던 것.

당연히 슈란을 키포인트로 한 전술이라고 여겼다.

그런데 현장에 있던 또 다른 당사자의 입에서 다른 견해가 나왔다.

"이렇게 만난 것도 인연이니 제가 팁을 하나 드리죠. 포격 전술은 슈란을 위한 전술이 아니라, 슈란을 배제하는 것이 핵심입니다."

"뭣?!"

"그때 슈란은 17세의 어린 소녀였고, 피지컬도 정신력도 부족했습니다. 던전에서의 숙련도도 없었지요."

"……."

리창 부회장은 부인할 수 없었다.

그 당시의 슈란은 당연히 그랬다. 귀한 집안에서 자란 17세의 소녀에게 던전을 누빈 경험이 있을 리 있겠는가?

어쩌면 지금도 마찬가지일지도 모른다.

"서문엽은 그 점을 가장 문제라고 여겼습니다. 피지컬은 도리가 없지만 최소한 정신력과 전술적 이해도라도 끌어 올리겠다고 슈란을 혹독하게 굴렸지요."

7영웅 멤버의 모의 던전 공략.

다른 던전들을 공략하며 팀워크를 다질 때, 슈란이 엄청난 구박을 당했던 일은 널리 알려진 사실이었다.

"별로 나아질 기미가 안 보였습니다. 슈란은 그때 너무 어렸고, 세상을 구해야 한다는 의무감 같은 동기부여도 없었으니까요. 서문엽이 더 가혹하게 몰아붙였지만 슈란의 원망만 샀죠."

엠레 카사 감독의 설명이 이어졌다.

"그래서 서문엽은 생각을 바꿨습니다. 웬만하면 슈란을 쓰지 않고 6명이서 해결하기로요. 마지막의 마지막에, 정말 감당 안 되는 변수가 나타날 때를 대비해서 끈질기게 슈란의 오러양을 아꼈습니다."

리창 부회장은 자신의 손이 떨리는 것을 느꼈다.

이는 중국의 생각과는 정반대의 이야기였기 때문이다.

"최적의 순간에 슈란이 소멸 광선을 쏴서 위기를 해결했다고 알고 있겠죠. 실상은 슈란이라도 나서지 않으면 안 될 때 비로소 그녀를 써먹은 겁니다. 그래서 슈란을 중심으로 짠 전술이었다고 착각한 것도 무리는 아니죠."

"그, 그런 이야기는 슈란에게 들은 바가 없소."

"그 당시에 슈란은 17세의 소녀였고, 전술적 이해도가 문외한에 가까웠습니다. 당시 상황을 이해하는 데 있어 저보다 정확할 수는 없습니다."

엠레 카사 감독은 리창 부회장을 똑바로 쳐다봤다.

정신적으로 우위에 있는 쪽은 리창 부회장이 아니었다.

"그런데도 슈란을 중심으로 국가의 명예가 걸린 짐을 짊어지게 하겠다고? 슈란의 멘탈은 그리 좋은 편이 아닐 텐데. 심지어 경기 경험까지 없는 채로? 당신들은 중국과 슈란의 명성을 망치려고 자초하고 있소. 중국은 월드컵에서 망신을 당할 거고, 분노한 인민을 달래기 위해 슈란을 끌어들인 계획의 책임자를 문책할 겁니다. 바로……."

"으음!"

리창 부회장의 표정이 불편해졌다.

슈란 계획의 주모자는 리창 부회장이었다.

그가 야심차게 수년간 준비한 프로젝트였다.

"내가 슈란을 영입하겠다고 블러핑을 하고 있는 건지는 알아서 판단하십시오. 그런데 내 명예를 걸고 말하건대, 난 한 번도 선수에 대해 이야기할 때 진실하지 않았던 적이 없습니다."

엠레 카사 감독은 미소를 띠며 말을 이었다.

"그리고 조언을 하나 더 하자면, 중국에서 영웅 대접을 받으신다지요? 저도 비슷한 케이스인데, 그래도 팀 성적이 안 좋으면 은인이고 나발이고 욕이 쏟아집니다. 스포츠란 그런 거죠."

젊은 날의 공로로 책임을 면피할 생각은 버리라는 조언이었다.

"한국도 못 이길 거라고 말한 게 이런 이유 때문이오?"

리창 부회장이 물었다.

엠레 카사 감독은 고개를 끄덕였다.

"그 전술의 실상을 이 세상에서 가장 잘 알고 있는 사람이 어느 나라에 있겠습니까?"

"…한국에 있지."

그 전술을 만든 장본인인 서문엽이 한국에 있었으니까.

만약 이 이야기가 사실이라면, 중국은 초능력 이외의 모든 역량이 부족한 슈란에게 매달리고 있는 셈이 된다.

슈란의 플레이에 대한 것을 모두 보안하여 진행했지만, 결국은 월드컵 경기가 시작되면 공개된다. 그리고 그 즉시 분석을 통해 허실이 탐지되고 이를 찌를 대책이 마련되리라.

"초능력만 따지면 로이 마이어를 능가할지도 모르지만 선수로서의 기본기가 부족할 게 뻔한 슈란을 상대하는 것은 생각보다 어려운 일이 아닙니다. 이미 세상은 로이 마이어에게 한 번 크게 데였습니다."

2017년, 19세의 나이에 신성처럼 나타난 로이 마이어가 세상을 격동시켰다.

2010년대를 주름잡던 뉴욕 베어스가 부진하고 파리 뤼미에르와 베를린 블리츠가 권좌를 다투던 때였다.

월드 챔스 무대에 나타난 로이 마이어가 그 톱3 클럽을 모조리 무너뜨리고 LA 워리어스에게 우승컵을 가져다주었다.

눈보라, 얼음벽, 얼음 봉인.

엄청난 세 가지 초능력을 구사하는 전설의 마법사와도 같은 압도적인 활약상.

그런 그에게 팬들은 경외를 느끼며 아이리시 위저드라는 별명을 붙여주었다.

이듬해인 2018년도 올해의 선수상은 로이 마이어의 것이었고, 그때 세상에선 로이 마이어를 어떻게 상대할 것이냐가 한창 연구되었다.

한 타 싸움에서 홀로 판도를 결정짓는 엄청난 초능력을 지닌 선수에 대한 대책은 이미 마련된 지 오래인 것이다.

물론 그런 대책이 마련되었음에도 로이 마이어는 여전히 무서운 선수였다. 로이 마이어도 계속 스스로를 채찍질해 자신의 단점을 보완하려고 애썼기 때문이다.

"로이 마이어는 주로 피지컬 쪽에서 드러나는 자신의 약점을 똑똑한 경기 운영으로 보완했습니다. 마법사의 지혜라는 표현까지 나올 정도로요. 슈란은 어떻습니까? 로이 마이어에 비교해서 슈란은 충분히 준비됐습니까?"

"……."

"그래서 제안하는 겁니다. 슈란에게 필요한 건 제몫을 할 수 있는 최소한의 역량과 세계 레벨의 경험이니까. 그리고 슈란의 실전 데이터가 필요한 건 당신들도 마찬가지고. 그래서 이 엠레 카사가 보여주겠다는 겁니다. 슈란을 어떻게 써야 하는지를."

"…만약에."

리창 부회장이 입을 열었다.

"당신의 지적이 옳다면, 슈란에게 월드컵 전까지 세계 무대에서 경험을 치르게 해줄 사람이 왜 꼭 당신이어야 하오?"

"세 가지 이유가 있습니다."

엠레 카사 감독이 답했다.

"하나는 포격 전술에 대해 가장 잘 아는 사람은 서문엽 본인을 제외하면 바로 나일 거요. 두 번째는 나의 팀 베를린 블리츠는 모든 포지션을 골고루 적소에 활용하는 스타일을 확립하고 있어 슈란을 쓰기 가장 좋은 환경입니다."

"으음……."

"마지막 세 번째, 내년 월드컵 전까지 월드 챔스와 유럽 챔스를 경험하게 해줄 수 있소. 덤으로 슈란과 아는 사이니 다른 클럽보다 나을 거요."

이에 리창 부회장은 고민 끝에 대답했다.

"좋소, 일단 슈란에게 전달해 보지. 하지만 결정하는 것은 슈란이오."

"그거면 충분합니다."

리창 부회장은 슈란이 신뢰하는 몇 안 되는 사람 중 하나였다. 리창 부회장을 설득했으니 일은 거의 성사된 것이나 다름없었다.

결국, 엠레 카사는 슈란과 대면하는 데 성공했다.

최근 유독 언론을 피해 두문불출한 슈란을 밖으로 끌어내는 것도 쉬운 일이 아니었기에, 이도 나름 성과라 할 수 있었다.

"그럼 YSM에 가는 게 낫지 않아?"

슈란이 뚱한 표정으로 불쑥 말했다.

엠레 카사 감독의 눈빛이 날카로워졌다.

"클럽 이름까지 알고 있군? 관심 있었나?"

"유명하잖아? 서문엽이 운영하는 팀인데."

"그런가. 어쨌든 지금 그 팀에 가봐야 월드컵 전까지 세계 레벨의 경기 경험을 할 수 없을 거다."

"그 점을 감수하더라도, 당신보다는 서문엽이 더 뛰어난 스승이 아닐까?"

슈란은 그렇게 말하며 엠레 카사 감독을 자극했다.

엠레 카사 감독은 눈 하나 깜짝 안 했다.

"마치 19년 전 서문엽에게 잘 배운 것처럼 말하는군?"

"흥."

대답이 궁해진 슈란은 콧방귀만 뀌었다. 사실 그때는 욕만 푸지게 먹었다.

"새삼스럽게 다시 17세 소녀로 돌아갈 필요는 없다."

"무슨 소리야?"

"이제는 서문엽에게 달라진 모습을 보여줘야지."

그 말에 슈란은 흥미가 동한 얼굴이 되었다.

"우리 팀에서 훈련을 받고, 월드 챔스에서 경험을 쌓는다. 그러고 나면 오는 겨울 프리 시즌은 YSM과 경기를 치르게 해 주지. 본때를 보여주자고."

그 말에 슈란의 입꼬리가 올라갔다.

다음 날, 엠레 카사 감독은 슈란을 데리고 베를린에 돌아갔다.

 * * *

"지, 진짜 한 달도 안 걸렸다."

"어제만 해도 한 채뿐이었는데?"

YSM의 클럽하우스 앞.

선수들이나 코치진이나 장엄한 기적 앞에서 경악을 금치

못했다.

초인들로 구성된 건설업체가 조승호와 합작해서 호화 빌라 1채를 완공한 것이 어제의 일이었다.

나머지는 토대만 닦고 건축에 들어가는 자재만 가져다놓았을 뿐이었다.

그런데 오늘, 빌라가 갑자기 5채가 되었다.

하룻밤 사이에 4채가 더 늘어난 것이다.

"으하하하! 봤냐? 이 구단주님의 능력을?"

"대체 무슨 초능력자를 부르신 겁니까? 컨트롤 씨, 컨트롤 브이라도 됩니까?"

최동준 수석 코치가 놀라서 물었다. 서문엽은 차마 지저인이라고 대답을 못 했다.

"얼른 구경하고 싶어요!"

때마침 이나연이 눈을 빛내며 외쳤다.

"오케이, 따라와!"

선수들은 신이 나서 자신들의 새 보금자리가 될 빌라를 구경하기 시작했다.

한 층에 한 세대씩 사용하는 5층짜리 빌라 5채.

YSM의 선수는 대부분 정리되어서 총 13명. 선수마다 한 채씩 사용할 수 있었다.

"우와!"

"엄청 넓어!"

"이제 원룸텔 생활은 끝난 거야!"

족히 50평은 되는 호화로운 숙소.

여기에 인테리어까지 호화롭게 꾸밀 예정이니 선수들은 벌써부터 럭셔리한 생활에 대한 단꿈에 젖었다.

"선수마다 한 집씩 쓰고, 개리를 위해 하나 남겨놓아도 하나가 더 남네. 이건 감독이 쓰도록 해."

"전 딱히 상관없습니다만."

가브리엘 감독의 말에 서문엽은 고개를 저었다.

"네가 안 쓰면 누가 써?"

"그, 그럼 제가 쓰면 안 될까요?"

최동준 수석 코치가 슬그머니 끼어들었다.

"코치나 직원들은 원한다면 원룸텔… 아니, 기존의 선수 숙소를 사용하도록 해."

서문엽의 말에 최동준 수석 코치는 시무룩해졌다.

YSM은 그렇게 빅 클럽이 되기 위해 한 걸음씩 나아가고 있었다.

—

제8장

밀당의 천재

슈란의 소식이 전해졌다.

이미 수많은 빅 클럽이 슈란을 탐낸 사실은 널리 알려졌으나, 실제로 슈란이 움직인 사례는 없었다.

그런데.

〈슈란, 전 7영웅 동료 엠레 카사 감독의 품으로〉

〈엠레 카사 감독, 월드 챔스 위해 슈란 카드 뽑았다〉

〈베를린 블리츠, 슈란 영입 성공〉

〈베를린 가는 신인 선수 슈란, 성공할 수 있을까?〉

올해 전반기에 치러졌던 유럽 챔피언스 리그 결승전에서 파리 뤼미에르 BC에게 패배했던 베를린 블리츠 BC.

재능을 완전히 만개한 나단 베르나흐를 도무지 막을 방도가 안 보이던 찰나였다.

특히나 서문엽에 의해 선보여진 가짜 탱커 전술을 그대로 채용하며 한 타 싸움을 더욱 강화한 파리 뤼미에르는 최고의 난적이었던 베를린 블리츠를 마침내 넘어섰다고 평가받고 있었다.

그런 중에 엠레 카사 감독이 슈란을 끌어들여 돌파구를 마련한 것이었다.

파리 뤼미에르의 팬들로서는 뒤통수를 거하게 얻어맞은 기분이었다.

마침내 자신들의 전성기가 찾아왔다며 좋아했는데, 베를린에서 신의 한 수가 나온 셈.

〈파리 뤼미에르의 고핀 감독 '슈란의 경기력 지켜볼 것'〉
〈구단주 장 모로 '슈란 베를린행 유감'〉

"이거 완전 팝콘 각이네."

태블릿 PC로 뉴스를 보던 서문엽이 중얼거렸다.

한동안 YSM의 성장을 위해 열심히 일했던 서문엽은 성과가 나타나자 다시 한가해졌다.

짧은 시간에 많은 성과가 있었다.

사니야, 남궁지훈, 최정민, 박영민 등 근접 딜러 4인방은 경기마다 화끈한 공격력을 선보이고 있었다.

이전까지 한국 배틀필드의 공식은 수비 위주와 초능력 위주였다.

그런데 한 타 싸움에서 육박전으로 적 대형을 찢어발기는 가공할 위력이 나타나자 팬들이 열광했다.

탱커를 뚫지 못하는 한국 근접 딜러의 고질병이 YSM에서는 보이지 않았다.

특히나 모두가 인정하는 유망주 사니야는 엄청난 파워로 적진을 파괴하는 선봉장으로 활약해 탱커들의 저승사자로 군림하고 있었다.

사니야는 아직도 서문엽이 특별히 지도를 하며 잘 관리 중이었다. 재능이 다 개발되면 월드 챔스 무대에서도 활약할 수 있는 사니야였기에 내년을 위한 성장이 필요했다.

또 다른 성과는 바로 YSM 특유의 가난한 이미지가 크게 재고되었다는 것.

가브리엘 감독과 소속 선수들에게 제공된 빌라가 생겨난 덕분이었다.

가사 도우미도 있었고, 시설 관리인들도 있었다. 관리인들은 선수들이 필요한 물건을 주문하면 장도 대신 봐준다.

선수촌 앞에는 YSM이 직접 운영하는 24시간 편의점도 있었다.

어디 그뿐인가?

빌라를 시공해 준 건설 업체가 내친김에 서비스를 해주었다.

산에 산책 코스를 만들어준 것이다.

나무로 계단을 놓고 산 정상에 벤치를 설치해 주었는데, 건축 업계의 드림팀인 그들에게는 매우 쉬운 일이었다.

그렇게 해놓고 보니 YSM은 더 이상 선수들이 가기 꺼려하는 산골이 아니었다.

빌라에 입주하게 된 선수들은 피에트로처럼 혼자 사는 경우도 있었지만, 가족들을 모두 데려오기도 했다.

특히 이나연은 어린 동생들만 무려 5명이었다. 애들이 하나같이 이나연처럼 활발했다.

애들 돌보느라 하루하루 죽어나던 이나연의 부모님은 선수 숙소에 가사 도우미가 제공된다는 말에 냉큼 이주해 왔다.

최소한 집안 살림이라도 도움받으면 애들 돌보기가 한결 쉬워지리라는 희망에서였다.

YSM의 선수 관리 팀은 아이들의 통학까지 도와주며 이나연의 가족을 만족시켰다.

어찌 되었건 선수촌은 부쩍 활기를 띠었다.

멋지게 생긴 빌라들, 풍광 좋은 산책 코스, 그리고 고액 연봉을 받게 된 선수들이 뽑은 외제차들이 즐비한 주차장.

이제는 제법 그럴듯한 모습이었다.

여전히 개조된 폐공장 같은 외관을 하고 있는 클럽하우스가 거슬리지만, 이 또한 언젠가는 헐고 다시 짓겠다고 벼르는 서문엽이었다.

그렇게 YSM이 순조롭게 성장하니, 서문엽은 월드 챔스에 단골 출장하는 클럽들에게 관심을 느꼈다.

특히나 매년 정상을 다투는 파리와 베를린은 한 번쯤 경기를 직관해도 괜찮겠다 싶었다.

'파리 뤼미에르는 가봤지만 베를린 블리츠는 아직 안 가봤지. 그리고 보면 엠레 카사 이 자식도 한 번도 안 만나봤고.'

전화는 한 번 했는데, 그마저도 피에트로를 영입하기 위해서였다.

자서전에서는 많은 가르침을 주었다며 칭송한 주제에 안부 한번 없다니?

'오랜만에 한번 봐야겠다.'

겸사겸사 서문엽은 베를린 블리츠 BC의 경기 일정에 맞춰서 독일로 향했다.

베를린 블리츠 BC에는 엠레 카사 감독과 슈란도 있었지만, 무엇보다도 직접 보고 싶은 선수도 있었다.

나단 베르나흐, 로이 마이어와 함께 톱3로 꼽히는 선수.

일명 독일의 별.

서포터 다니엘 만츠.

역할 특성상 주역이 될 수 없는 서포터라는 포지션으로서 톱3에 꼽힐 정도로 활약할 수 있다는 것은 대단한 일이었다.

　심지어 2014년, 2019년, 2020년에 3번이나 올해의 선수상을 수상했다.

　2014년에 처음 올해의 선수상을 수상했을 때, 다니엘 만츠의 나이는 불과 16세였다.

　남들은 유소년이었던 어릴 때 이미 전성기를 맞이한 불후의 천재였던 것이다.

　'개인적으로 플레이 스타일이 마음에 드는 선수였어.'

　나단 베르나흐가 킬 결정력을, 로이 마이어가 경기 전체를 좌우하는 초능력을 지녔다면, 다니엘 만츠는 이따금씩 변수를 만들며 경기 흐름을 이상하게 만들어놓는 재기발랄한 플레이를 했다.

　2014년 월드 챔스 경기를 본 적 있는데, 한창 파워 게임으로 시대를 지배했던 뉴욕 베어스의 빅맨들 사이를 헤집고 다니며 그들의 포메이션을 망가뜨려 버리는 솜씨에 감탄을 금치 못했다.

　이제는 서포터도 직접 무기를 들고 잘 싸워야 살아남는 시대라고는 하지만, 그쯤 되면 트렌드와 상관없이 은퇴 때까지 계속 살아남을 거라는 생각이 들었다.

　'그런 재기발랄한 애가 왜 엠레 카사 같은 꼰대 밑에 있는 걸까?'

현재 원리원칙주의자에 권위주의자로 소문이 파다한 엠레 카사 감독.

생환해서 그 얘기를 들었을 때 서문엽은 고개를 끄덕였다. 이미 옛날에도 성격에서 그런 기미가 보였기 때문이다.

누구도 상상 못 한 자유로운 플레이를 하는 활달한 다니엘 만츠와는 전혀 안 어울리는 성격이었다.

그런데도 다니엘 만츠는 베를린 블리츠 BC를 떠나지 않았다.

그런 독창적인 플레이를 몹시 좋아하는 파리의 모로 형제가 어마어마한 거금을 들여 영입하려고도 했지만 거절했다고 전해진다.

서문엽이 생각해 봐도 파리 뤼미에르 BC에 더 어울리는 스타일의 선수였다.

'파리의 빠른 템포와 절묘하게 어울릴 텐데, 그러면 파리를 아무도 이길 수 없겠군.'

다니엘 만츠 같은 서포터가 나단 베르나흐를 도와준다면, 그야말로 킬 축제가 열릴 것이다.

베를린에 도착하자마자 컨버터블 스포츠카를 한 대 렌트했다.

시원시원하게 달리면서 베를린의 외곽 지역으로 향하는 서문엽은 많은 주목을 받았다.

뚜껑을 열어놓은 채 달리니 다들 서문엽의 얼굴을 알아볼 수 있었던 것.

스마트폰으로 자신을 찍어대는 사람들에게 서문엽은 그저 씨익 웃어줄 뿐이었다. 그렇게 SNS에 흔적을 남기며 서문엽은 베를린 블리츠 BC의 클럽하우스에 도착했다.

둥그런 반원 모양의 UFO 선체처럼 생긴 독특한 클럽하우스의 디자인은 서문엽을 질투케 했다.

'우리 망할 폐공장도 어떻게 개조를 해야 하는데.'

어떤 선수가 이런 멋진 클럽하우스를 놔두고 YSM으로 오겠는가?

서문엽이 직접 발로 뛰며 선수를 모으지 않았다면 지금의 선수 구성도 불가능했을 터였다.

"어떤 용무로 오셨습니까?"

출입문을 지키는 경비원들이 물었다.

"친구 보러 왔는데."

"엠레 카사 감독님 말씀이시죠?"

"어."

"미리 약속이 되어 있으십니까?"

"약속 안 되어 있으면 그냥 문전박대하려고?"

"아, 아뇨. 일단 감독님께 말씀 전해 드리겠습니다."

불청객 서문엽은 일단 통과되었다.

주차해 놓고 건물 안으로 들어선 서문엽은 성큼성큼 선수들이 훈련하는 곳을 찾아다니기 시작했다.

이에 안내데스크에서 여직원이 다가와 만류했다.

"거긴 관계자 외에는 함부로 출입할 수 없는 곳입니다!"

"견학하러 왔는데 안 돼?"

"아, 안 됩니다."

견학이라는 말에 여직원의 표정에 순간 황당함이 스쳤다.

서문엽의 스마트폰이 울린 것도 그때였다.

―서문엽?

엠레 카사 감독의 목소리였다.

"어, 너 어디야?"

―마치 미리 만나기로 약속이 된 것처럼 말하는군.

"그러는 너는 완전 남남처럼 얘기하네. 우리가 보통 사이야? 무척 끈끈하고 애틋한 사이였잖아."

그 말에 여직원이 흠칫했다.

―이상한 표현 불쾌하군.

"인마, 네 자서전 절반이 내 내용인데 그 정도 표현은 써줘도 되잖아? 네 마누라도 몇 줄 없던데, 낄낄. 참고로 기특해서 세 번 정독했다."

―약속을 지켰을 뿐이다. 하지만 넌 약속도 없이 불쑥 왔군.

"아, 됐고 어서 나와봐. 견학 왔다니까 여기 여직원 완전 정색하는데."

―자기 할 일을 잘하는 직원이군. 미안하지만 난 훈련 때문

에 바쁘다. 참고로 팀 훈련은 공개를 불허한다.

역시나 원칙주의자다운 대답이었다.

서문엽은 슬슬 분노 게이지가 쌓이기 시작했다.

"아무리 그래도 친구가 멀리서 왔는데 얼굴 한번 안 내비쳐?"

─친구라는 말은 생소하군. 비즈니스 관계일 뿐 개인적인 친분은 없다고 네 입으로도 말했었지. 잘 알고 있다고 생각했다만.

생환 후 첫 기자회견 때 서문엽이 했던 말이었다.

"에이, 그거 때문에 삐쳤어?"

─훈련에 방해된다, 끊어라.

뚝.

통화가 끊긴 스마트폰을 빤히 바라보던 서문엽은 여직원에게 물었다.

"얘 원래 이렇게 성격 더러워요?"

"성격이 안 좋으신 분은 아닙니다. 그냥 정이 없을 뿐이죠."

여직원이 또박또박 대답했다.

"얜 대체 결혼은 어떻게 했을까? 이런 놈도 결혼했으면 나도 그냥 가정을 가져도 괜찮을 것 같은데."

그렇게 구시렁거리며 다시 전화를 걸었다.

─또 뭐냐?

"인마, 너 나 이렇게 문전박대하면 배은망덕한 놈이라고 떠들고 다닌다?"

─그렇지 않아도 자서전에 네 이야기가 너무 많다는 지적은 많이 받았다. 배은망덕하다는 이야기로 이미지가 상쇄되겠군.

"그럼 원래 네가 슈란을 짝사랑했다고 떠들까?"

─그건 또 무슨 불쾌한 소리냐?

"감독과 선수의 사랑 어때? 너처럼 정 떨어지는 녀석도 일생에 한 번쯤은 그런 로맨스가 있어야지? 앙?"

나직이 엠레 카사 감독의 한숨 소리가 들렸다.

─그놈의 빚이 뭔지. 예전에 빚진 게 있으니 특별히 허용한다. 두 번 다시는 이렇게 멋대로 찾아와서 막무가내로 행동하지 마라.

"노력해 보지."

─…….

잠시 후, 코치 한 명이 나와서 서문엽을 안으로 안내해 주었다.

엠레 카사 감독이 헤드폰을 내려놓은 채 다소 언짢은 표정으로 서문엽을 맞이했다.

선수들도 훈련을 중단하고는 접속 모듈에서 나와 쉬고 있었다.

서문엽은 매의 눈으로 선수들을 훑다가 보고 싶었던 선수를 발견했다.

"어? 서문이다!"

그 선수도 서문엽을 보고 활기찬 목소리로 소리쳤다.

—대상: 다니엘 만츠(인간)

—근력 49/49

—민첩성 95/95

—속도 76/76

—지구력 62/62

—정신력 100/100

—기술 70/70

—오러 99/99

—리더십 61/61

—전술 75/75

—초능력: 밀기, 당기기, 스프린트

—밀기: 2.5m 이내에 있는 타깃을 밀친다.

—당기기: 8m 이내에 있는 타깃을 끌어당긴다.

—스프린트: 3초간 속도가 50% 상승한다.

작은 키에 아이처럼 앳된 얼굴을 가진 짙은 갈색 머리칼의 청년.

어린아이를 연상케 하는 외모와 달리 능력치는 귀엽지 않왔다.

*   *   *

"오, 만나뵙게 되어서 영광입니다. 여긴 어쩐 일이세요?"

다니엘 만츠가 격하게 악수를 하며 반겼다.

"그냥 견학이야."

"히히, 슈란 보러 온 거겠죠?"

"실은 너를 더 보고 싶었지."

"하하하, 저도 꼭 한번 보고 싶었어요. 훈련 끝나는 대로 술 한잔 어떤가요?"

"좋지. 같이 네 감독 험담이나 신나게 하자꾸나."

다니엘 만츠는 키득키득 웃었다. 잘 웃으니까 더 아이 같았다.

분석안에 보이는 다니엘 만츠는 전형적인 서포터의 특성을 가지고 있었다.

일단 단점부터 따지자면 근력 49.

선수가 아닌 일반인 초인의 평균 수준이었다.

이렇게 근력이 약하면 설사 다른 능력치가 좋다 하더라도 근접 무기를 들고 싸우지 못한다.

설상가상으로 지구력 62, 기술 70으로 약한 근력을 보완해 주지도 않으니, 스스로 킬을 낼 수 있는 전투력은 없다고 봐야 했다.

하지만 민첩성이 무려 95.

오러는 99로 서문엽, 피에트로, 슈란 다음 가는 수치로 전 인간 중 4위였다.

초능력은 스프린트, 밀기, 당기기로 세 가지.

'아주 좋구나.'

다니엘 만츠는 전투력이 없는 서포터지만 조승호처럼 전투에서 뒷전에 물러나 있는 선수가 아니었다.

스프린트와 빠른 민첩성을 활용해 과감하게 파고들어 적을 아군 쪽으로 밀어버린다.

또는 끌어당겨서 넘어뜨리거나 아군에게 끌려오게 하는 식으로 어시스트를 한다.

그렇게 해서 매년 쌓는 어시스트는 세계 최고치.

다니엘 만츠는 문득 가까이 다가와 나직이 속삭였다.

"얘기 들었어요. 나단의 콧대를 납작하게 해줬다면서요?"

"어라? 그 얘기 어디서 들었어?"

"뭘 새삼스럽게. 요번 프리 시즌 때 나단하고 이비사 섬에서 같이 휴가 보냈어요."

"아하, 본인에게 들었다면야."

둘이 친한 모양이었다.

소속 팀은 베를린 블리츠와 파리 뤼미에르, 국가 대표로도 독일과 프랑스로 라이벌 관계였는데 친한 것이 용했다. 아마도 포지션이 전혀 달라서 가능한 것인지도 몰랐다.

나단과 다니엘은 서로 칼을 부딪치는 사이라기보다는 톰과 제리였다. 나단이 뒤쫓고 다니엘은 쏜살같이 달아나며, 종종 밀고 당기면서 훼방 놓곤 했다.

솔직히 얄미워 보일 정도였는데, 바로 그 재치 가득한 플레이가 서문엽은 마음에 쏙 들었다.

그런 스타일은 지금껏 본 적도 없었고, 가르친다고 될 일도 아니었으니까.

"연락처 가르쳐 주세요. 저녁에 연락할게요."

"오케이."

전화번호를 공유하며 다니엘 만츠와 저녁 술 약속을 했다.

그때, 엠레 카사 감독이 무뚝뚝한 표정으로 다가왔다.

"불쑥 찾아오더니 용건은 견학이라고?"

"하하, 네가 보고 싶었지."

"농담은 됐다."

"그럼 용건이 뭔지 뻔히 알면서 뭐 하러 물어?"

서문엽이 반문했다.

서문엽이 독일에 온 거야 뻔했다. 슈란의 경기력을 보기 위해서였다. 월드컵에서 슈란의 중국과 마주칠 수 있었기 때문에 미리 봐두려는 것이다.

"그냥 중국이 월드컵 본선 때까지 꽁꽁 숨겨놓고 있었다면 이렇게 나서지도 않았겠지. 뭘 준비했을지는 뻔하니까."

보나마나 포격 전술일 거라고 서문엽도 예상하고 있었다.

"근데 네가 슈란을 영입하는 바람에 조금 상황이 달라졌잖아."

"내가 슈란을 어떻게 활용할지 보고 싶었겠군."

"그렇지. 내친김에 너도 보고 여기도 구경할 겸해서 왔어."

실제로 서문엽은 베를린 블리츠의 클럽하우스를 유심히 봤다.

명문이라 불리는 것들은 대체 얼마나 잘 해놓았을까 궁금했는데, 과연 기가 질렸다.

엠레 카사 감독은 한숨을 쉬며 말했다.

"그뿐이라면 거절할 이유가 없지. 다만 훈련은 보여줄 수 없다."

"알았어."

선수들을 쭉 둘러봤는데 정작 슈란이 안 보였다.

"슈란은?"

"아직 훈련 중이다. 쉬지 않겠다는군."

"흐음……."

서문엽은 잠시 생각하다가 고개를 끄덕였다.

"혼자 할 수 있는 훈련이라면 사냥뿐인데, 아마 소멸 광선의 강도를 조절하는 연습이겠지?"

"…잘 아는군."

엠레 카사 감독은 서문엽이 단번에 맞추자 흠칫했다.

"걔가 그걸 조절 못 해서 욕을 바가지로 먹었잖아. 아직도 고생인가 보네, 쯧쯧."

소멸 광선을 강하게 쏘면 오러 소모도 심해지기 때문에 조절해야 했는데, 아무리 굴려도 효과가 없었다.

그래서 아예 웬만하면 슈란을 싸우지 않게 하는 쪽으로 머리를 굴렸는데, 그게 바로 포격 전술의 실체였다. 엠레 카사 감독이 포격 전술의 의도를 정확히 알고 있었던 것이다.

"다음 경기에 슈란 나와?"

"그렇다. 월드 챔스 전에 되도록 경기 경험을 많이 쌓게 해야 하니까."

"알았어. 그럼 경기는 내일모레 보도록 하지."

"그럼 용건은 끝난 건가?"

엠레 카사 감독의 그 말에 서문엽은 표정을 일그러뜨렸다.

"얌마, 너 가만 보니까 내가 여기 와 있는 걸 무척 꺼려하는 눈치다?"

"중요한 훈련 중인데 그걸 보고 싶다고 불쑥 여기까지 찾아온 걸 환영해야 하나?"

"중요한 훈련이라."

그렇게 읊조리며 서문엽은 빙글 웃었다.

"너 말이야. 슈란이 있으니까 파리 뤼미에르를 이길 수 있을 것 같지?"

"그렇다."

"내가 보기에 너도 위태위태한 것 같은데."

그 말에 엠레 카사 감독의 표정이 변했다.

"무슨 뜻이지?"

"글쎄다?"

서문엽은 씨익 웃고는 휙 뒤돌았다.

그렇게 떠나는 서문엽의 뒤를 엠레 카사 감독이 쫓아왔다.

"왜? 바쁘신 양반이."

"오늘 훈련은 끝났다. 남은 시간은 오랜만에 만난 친구를 위해 쓰지."

서문엽이 지적한 자신의 문제가 뭔지 못내 신경 쓰이는 모양이었다.

"허이고, 그러서? 난 이제 베를린 관광이나 할 건데?"

"새삼스럽게 베를린 관광이라고?"

독일어를 마스터할 정도로 독일에 자주 들락거린 서문엽이 새삼 관광을 하겠다니 웃긴 얘기였다.

엠레 카사 감독은 잠시 짜증스러운 표정을 짓더니 이내 말했다.

"그보다는 우리 클럽의 리저브 팀과 유소년 팀을 보여주지."

"……."

"내가 상당히 공들여 키운 곳이니 많은 참고가 될 거다."

베를린 블리츠는 빅 사이닝보다는 실력·성격·합리적인 이적료가 두루 갖춰진 선수 영입을 추구하는 편이었다.

당연히 그런 선수는 찾기 어려웠다. 설사 다 갖췄대도 팀 컬러와 스타일상 맞지 않으면 영입하지 않았기 때문.

결국은 직접 입맛에 맞는 선수를 유소년 때부터 키울 수밖에 없었다.

그러한 베를린 블리츠 BC의 유망주 정책은 지금까지 성공적이라는 평가였다.

팀 선수 중 30%가량이 직접 키운 선수 출신이었으니까.

"좋아, 구경 가자."

솔깃한 서문엽이 이를 따르기로 했다.

1분쯤 걸어갔을까.

"그런데 아까 한 말이 신경 쓰이는군. 내가 위태롭다고?"

"아아, 신경 쓰지 마. 세계적인 명장께 무슨 주제넘은 충고를 하겠어."

구차하게 우는 소리 하고 싶지는 않았던 엠레 카사 감독은 잠시 생각하더니, 다시 입을 열었다.

"YSM은 선수 보강이 시급해 보이더군."

"선수 보강은 순조롭게 되고 있어."

"개리 윌리엄스 외에는 소식이 없던데. 기존 선수도 너와 피에트로라는 이상한 이탈리아인 외에는 세계 레벨에서 통할 선수가 없고. 사니야 아흐메토바는 자질이 보였지만 아직 멀었더군."

"그야 그렇지만 우리 사정에 별수 있냐?"

"우리 측 유소년이나 리저브 팀에서 마음에 드는 선수가 있다면 한 명 임대를 보내주지."

"진짜?"

"YSM도 내년 아시아 챔스와 월드 챔스까지 출장할 테니 선수들에게도 좋은 경험이 될 테니까."

명문 중의 명문인 베를린 블리츠 BC가 보유한 선수라면 유소년이나 리저브 팀 소속이라도 기량이나 재능이 범상치는 않을 것이다.

"그거 괜찮네. 연봉도 너희가 내주냐? 우리 돈 없어."

"…절반은 부담해 주마."

꽤나 후한 조건이었다.

이쯤 받아냈으면 서문엽도 대가를 지불해야 했다.

"네 전술 스타일은 인상적이더라. 트렌드와 상관없이 선수마다 적성에 맞는 세부 포지션을 찾아주고 훈련시키고."

"당연한 일이다. 발 빠른 탱커가 유행이라고 갑자기 벌크업을 줄이고 속도를 높여봐야 맞지 않는 옷을 입은 꼴이다."

덕분에 베를린 블리츠의 유소년 선수들은 획일적이지 않고 포지션이 종류별로 있었다. 덕분에 베를린산 유망주를 탐내는 클럽들이 참 많았다. 빅 리그 클럽들의 뷔페라는 우스갯소리도 있을 정도.

"포지션 비중은 그때그때 필요에 따라 다르지만 대체로 다양한 포지션을 골고루 활용하는 편이고."

"다 활용도가 따로 있으니까."

트렌드에 따라 클래식 탱커를 많이 쓰든지 원거리 딜러 혹은 근접 딜러의 비중을 극단적으로 높이든지 하는 팀 컬러가 있게 마련이지만, 베를린 블리츠는 한 번도 어느 한 포지션에 치우친 적이 없었다.

"그리고 멀티 포지션을 소화하는 다재다능한 선수보다는 각자 포지션의 전통적인 역할에 충실한 선수들을 쓰는 편이고."

"맞다."

한마디로 서문엽 같은 하이브리드 탱커보다는 튼튼한 클래식 탱커, 혹은 발 빠른 탱커 등 확실한 강점을 가진 선수를 선호하는 것.

그런데 서문엽의 지적 사항도 바로 이 점에 있었다.

"그 점에 있어서는 나랑 정반대지."

"넌 다양한 역할을 두루 수행하는 팀원을 선호했으니까."

"내가 왜 그런 스타일을 선호했을까?"

"던전은 워낙에 변수가 많았으니까. 배틀필드와 달리 던전에 대해 알려진 사전 정보도 거의 없다시피 했으니, 매 순간 맞닥뜨린 다양한 변수에 대응하려면 초인들도 다양한 역할을 할 줄 알았어야 했지. 그 점은 공감한다."

"배틀필드는 달라?"

"물론 다르다. 잘 알려진 던전에서 잘 알려진 선수들끼리 싸운다."

"내가 생각하는 네 단점은 거기에 있어. 선수들의 역할이 고정되어 있으니까 변수에 대응하기 어려워."

"인정할 수 없군."

"아아, 이해해. 다양한 포지션을 두루 쓰니까 대응 못 할 변수는 거의 없지."

서문엽이 계속 말했다.

"하지만 파리 뤼미에르처럼 기동력이 무척 빠른 팀은 그만큼 변수 창출에 능해."

"올해는 유럽 챔스 결승에서 졌지. 하지만 상대 전적은 우리가 앞선다."

"지금까지 파리를 상대로 잘 싸울 수 있었던 비결에 대한 이야기인데. 너 말이야. 혹시 네 팀에서 다니엘 만츠의 비중이 어느 정도라고 생각하나?"

그냥 단순한 질문이 아니다.

엠레 카사 감독은 곧장 서문엽의 말뜻을 알아들었다.

"다니엘 만츠가 많은 변수를 커버해 주고 있다는 뜻인가?"

"어. 내가 보기에 파리랑 싸울 때 네 팀의 비중 중 4할가량이 다니엘이야."

다양한 포지션을 두루 쓰지만, 그 안에서는 경직된 엠레 카사 감독의 스타일.

그 단점을 재기발랄한 다니엘 만츠가 많은 부분 커버해 주고 있다는 뜻이었다.

"파리는 아마 슈란이고 나발이고 다니엘 만츠만 잡으려고 혈안이 되어 있을걸. 실제로 다니엘 만츠 잘 잡을 만한 선수가 점점 늘어나고 있잖아."

높은 민첩성과 스프린트로 적들 사이를 누비는 다니엘 만츠.

그러나 빠른 스피드를 가진 파리 뤼미에르 선수들 사이를 누비기란 쉽지 않았다.

'그러고 보니 지난번 결승에서 교체 멤버였던 백하연을 계속 선발로 썼지.'

그리고 백하연은 채찍과 순간 이동으로 다니엘 만츠만 마크했다.

원래는 다니엘 만츠를 쫓아다니는 건 나단이 하던 일이었다.

백하연이 대신해 준 덕에 프리가 된 나단이 킬 파티를 벌인 것.

'그랬던 건가. 실은 내 전술의 빈틈을 계속 다니엘이 땜빵해 주고 있었던 건가.'

"걔는 진짜 천재야. 네 팀을 보면 물 흐르듯이 변화하는 맛이 없는데, 꼭 다니엘이 분위기를 계속 바꿔놓더라고."

"그건 깊이 고민해 봐야겠군."

일리 있다고 여겼다.

아니, 실은 서문엽이 한 말이니 틀림없을 거라고 생각한 엠레 카사 감독이었다. 고집이 세긴 하지만 맞는 말이라면 인정할 줄도 아는 그였다.

"자자, 이제 선수 보여줘. 누굴 임대 보낼 생각이야?"

서문엽은 선물 보따리를 풀어달라고 보챘다.

"리저브 팀에 있다."

두 사람은 베를린 블리츠의 리저브 팀 훈련장에 갔다.

리저브 팀은 아직 훈련이 한창이었다.

그곳에서 서문엽은 정말로 눈에 확 띄는 선수를 하나 발견했다.

　─대상: 파울 콜린스(인간)

　─근력 84/96

　─민첩성 78/79

　─속도 70/70

　─지구력 81/90

　─정신력 56/85

　─기술 69/84

　─오러 80/85

　─리더십 32/56

　─전술 42/70

　─초능력: 강철 육체

―강철 육체: 1초에 1의 오러를 소모하며 육체의 내구력을 비약적으로 높인다.

왜 임대 보내겠다고 했는지 알 것 같았다.

요즘 추세에 안 맞는 전형적인 클래식 탱커였다.

아무리 트렌드를 거부하는 엠레 카사 감독이라도 클래식 탱커를 더 추가할 여력은 없었던 것이다.

*　　　　*　　　　*

엠레 카사 감독이 소개해 준 선수 파울 콜린스는 미국 국적의 18세 흑인이었다.

어릴 때부터 많은 기대를 모았던 유망주라 베를린 블리츠에 파격적인 대우를 받으며 스카우트됐고, 현재는 리저브 팀에서 뛰는 중이었다.

큰 체격에 걸맞게 근력을 타고난 전형적인 클래식 탱커였다.

그런데 문제는 이 친구가 유망주였던 때는 미국식 파워 게임이 유행이었는데, 성인을 앞둔 지금은 클래식 탱커가 하향세였던 것.

그래서 그런지 정신력이 56/85로 많이 떨어져 있었다.

'근력과 지구력은 아직 성장할 여지가 많은데, 민첩성하고 속도는 다 개발됐어.'

이것은 아마도.

"어이."

서문엽이 벤치 프레스를 하던 파울 콜린스를 대뜸 불렀다.

파울 콜린스는 엠레 카사 감독과 함께 온 서문엽을 보고 깜짝 놀랐다.

"서문?"

"그래그래."

"마, 만나서 영광입니다. 제 롤 모델이십니다."

"안 돼."

서문엽이 대뜸 거절했다.

파울 콜린스는 어안이 벙벙해졌다.

"네?"

"날 롤 모델 삼지 말라고. 넌 그냥 천생 클래식 탱커야."

파울 콜린스의 눈빛이 급격히 흔들렸다.

서문엽은 씨익 웃었다.

"내가 맞혀볼까? 너 몸집을 줄이고 민첩성 키우고 있었지?"

"그, 그걸 어떻게?"

넋이 나간 파울 콜린스.

옆에 있던 엠레 카사 감독도 놀라기는 마찬가지였다.

'포지션도 문제점도 말한 적이 없는데.'

대체 어떻게 한눈에 파악하는 건지 불가사의였다.

"세상에 영원히 변치 않은 진리가 하나 있는데 뭔지 알아?"

"그, 글쎄요?"

"누군가는 맨 앞에서 맞아줘야 해. 바로 네가 해야 하는 역할이야. 넌 처맞으려고 태어난 놈이야."

파울 콜린스는 이게 욕인지 칭찬인지 분간이 안 갔다.

"우리 팀이 내년에 아시아 챔스랑 월드 챔스를 나갈 예정인데, 네가 1년만 임대를 온다면 다 경험하게 해주마. 어때?"

파울 콜린스는 당혹스러운 눈으로 엠레 카사 감독을 바라보았다.

엠레 카사 감독도 고개를 끄덕여 보였다.

"네게 좋은 경험이 될 것 같아서 권하는 것이다. 큰 무대를 경험하는 것도 중요하고, 무엇보다 서문엽은 좋은 스승이다."

"일단 에이전트와 얘기해 볼게요."

"그래그래. 내가 방패 쓰는 법을 마스터하게 해줄게. 꼭 와라."

그러면서 속으로는 선수 숙소를 한 채 더 지어야겠다고 생각하는 서문엽이었다.

그렇게 용건이 끝나고 서문엽은 투숙한 호텔로 되돌아갔다.

돌아가기 전에 엠레 카사 감독에게 말을 남겼다.

"너도 내 말 명심해. 다음 경기에 슈란이 나온댔지? 그렇다면 아마 그때도 내 말이 증명될걸?"

"…알았다."

엠레 카사 감독은 큰 숙제를 떠맡은 심정이었다.

*   *   *

다음 날.

뮌헨 울펜리터와 베를린 블리츠 BC의 경기가 있었다.

독일 제1리그 최대의 라이벌 매치로, 누구도 넘볼 수 없는 아성을 구축한 베를린 블리츠에 대항할 수 있는 독일 유일한 클럽이 바로 뮌헨이었다.

실제로 베를린을 이길 때도 많이 있었던 뮌헨이라 이번 경기도 주의해야 했다.

서문엽은 VIP석에서 느긋하게 경기를 구경했다.

"와! 슈란이다!"

"진짜다!"

"와아아아아!!"

선수들이 입장하자 경기장이 떠들썩해졌다.

대형 스크린에 집중적으로 비춰지는 것은 바로 슈란.

좀처럼 외부에 모습을 드러내는 일이 없었던 중국의 전설적인 초인이 마침내 배틀필드 경기에 출전한 것이었다.

과연 명성으로만 듣던 소멸 광선은 어떤 위력을 발휘할지 전 세계의 관심이 집중되고 있었다.

하지만 서문엽은 이미 소멸 광선의 위력 같은 거야 알고 있었다.

다만 궁금한 것은 슈란의 경기력.

그리고 슈란을 어떻게 활용하느냐를 보고 싶었다.

'중국은 그저 슈란을 중심으로 한 한 타 싸움이나 생각했겠지만.'

팀이 슈란을 위해 움직이는 체제는 단점이 뚜렷하게 드러난다.

엠레 카사 감독도 이를 알고 있을 터.

양측 선수가 던전에 접속했다.

1세트 경기가 본격적으로 펼쳐졌다.

가장 먼저 움직인 쪽은 뮌헨.

뮌헨은 빠른 기동성을 통한 사냥과 견제로 경기를 풀어나가는 스타일로, 적극적으로 파리 뤼미에르 BC를 벤치마킹했다.

그래서인지 이번에도 뮌헨은 빠르게 일부 선수들이 베를린 측으로 접근했다.

이에 비해 베를린 측은 그냥 평범하게 사냥하는 모습이었다.

슈란은 다른 2명의 동료와 함께 바로 첫 지역의 중간 보스 몹을 사냥했다.

콰콰콰콰콰!!!

슈란의 검지에서 하얀 광선이 쏘아져 나갔다.

중간 보스 몹이었던 대형 살러분에게 소멸 광선이 꽂혔다.

끼이이이익!

오러로 이루어진 물고기, 살러분. 그중에서도 10m의 거대한 체구를 가진 대형 살러분이 소멸 광선에 몸을 뒤틀며 괴로워했다.

"오오!"

"우와, 세다!"

"강하잖아!"

슈란의 소멸 광선이 계속 쏘아졌다. 대형 살러분도 몸부림을 치며 난동을 부렸지만, 이내 고통에 겨워하며 점점 움직임이 굼떠졌다.

파아앗!

대형 살러분은 이내 온몸을 이루고 있는 오러가 흩어지며 소멸되었다.

"와아아아아아아!!!"

관중들이 깜짝 놀랐다.

혼자 보스 몹을 잡은 것이나 다름없었다. 그것도 짧은 시간에.

슈란은 첫 플레이부터 엄청난 임팩트를 선사했다.

그런데 뮌헨 측의 선수 3명이 인근에 접근한 것도 바로 그때였다.

'어이구, 당했구나.'

서문엽은 혀를 찼다.

물론 당한 쪽은 뮌헨이다.

슈란에게는 소멸 광선 말고도 초능력이 하나 더 있다.

─위치 파악: 반경 3㎞ 이내의 지정한 타깃의 위치를 파악할 수
있다.

견제를 하러 온 3명 중에 한 명이 타깃으로 지정되어 있다
면, 그들은 이미 슈란에게 위치가 발각되어 있다는 뜻이었다.

'아마 있겠지. 뮌헨 선수들 중에 가장 견제를 활발하게 하
는 선수를 지목해 타깃으로 삼았을 테고, 그 선수가 저 3인에
포함됐을 확률이 높으니까.'

슈란 일행이 다음 지역으로 향해 이동했다.

3인은 이동 경로 중간에 매복해 암습할 기회를 엿보고 있
었다.

슈란은 일행의 가장 뒤쪽에서 걷고 있었는데, 그것을 보며
서문엽은 슈란이 알아차렸다고 확신했다.

아니나 다를까.

콰콰콰콰콰콰!!

─슈란, 1킬.

뮌헨 선수들이 뛰쳐나와 암습하는 순간, 슈란은 기다렸다는 듯이 소멸 광선을 발사했다.

그토록 빠른 대응은 예상 못 했기 때문에, 뮌헨 선수 하나가 즉사해 아바타가 소멸해 버렸다.

—세상에! 슈란 1킬! 정말 엄청난 킬이 나왔습니다!]

—암습을 시도하자마자 소멸 광선을 쐈습니다! 미리 알고 있었다는 뜻이에요.

—그런데 한 방에 데스라뇨. 정말 무시무시한 위력입니다.

슈란의 일행들도 뮌헨 선수 2명을 공격했다. 역시나 슈란에게 들어서 미리 대비하고 있었기 때문에 대응이 빨랐다. 뮌헨 측은 달아날 수밖에 없었다.

"와아아아아아!!"

"슈란! 슈란! 슈란!"

베를린 블리츠의 서포터들이 열광하며 슈란의 이름을 연호했다.

이제 시작일 뿐이었고, 단지 1킬이었지만 베를린 블리츠가 몇 걸음 앞서가기 시작했다.

무엇보다도 슈란에게 단숨에 1킬을 당한 것이 정신적으로도 충격이 컸을 것이다.

모습을 드러내자마자 즉사했는데 또다시 견제를 시도할 엄두가 안 나리라.

슈란은 사냥에는 적극적으로 참여하지 않았다. 닭 잡는 데소 잡는 칼을 쓸 필요가 없었으니까.

'오케이. 아직 소멸 광선을 약하게 쏘지는 못하는구나.'

사냥을 안 하는 슈란을 보며 서문엽은 정보를 파악했다.

소멸 광선을 최대한 약하게 쏘는 식으로 오러 소모를 최소화할 수 있다면, 사냥도 수월하게 할 수 있다.

그걸 못하기 때문에 사냥에 참가하지 못하는 것이다.

'진작 배틀필드를 해서 지금까지 경험을 쌓았더라면 그런 조절도 가능했을 텐데 아깝게 됐네.'

저런 면에서 보면, 슈란이 배틀필드를 다시 준비하게 된 게 그리 오래된 일이 아니라는 것을 알 수 있었다.

끽해야 2년 정도?

배틀필드 초창기부터 지금까지 선수 경험을 쌓아왔다면 진즉에 톱4라는 말이 생겼을 것이다.

다만, 슈란은 뮌헨이 끈질기게 시도한 수차례의 견제 플레이를 계속해서 막아냈다.

적이 나타나면 소멸 광선을 쏴서 쫓아내 버린 것이다.

'견제를 막아내는 데는 원거리 딜러가 적합하지. 포지션의 기본을 그대로 수행하는구나.'

견제 방어.

보스 몹 사냥.

그리고 한 타 싸움.

그 3가지 역할을 수행하는 슈란은 전형적인 마법사형 원거리 딜러의 모습이었다.

뮌헨도 슈란에게 견제가 계속 막히자 방향을 바꿨다.

그냥 사냥에 집중해서 사냥 포인트만 쌓다가 한 타 싸움에서 이기자는 식이었다.

이미 견제도 여러 번 실패하는 바람에 동선 낭비도 있어서 양측의 격차는 10명 대 11명이라는 숫자 이상의 차이가 있었다. 장기전 외에는 답이 없었다.

베를린 블리츠도 급할 게 없었다.

한 타 싸움도 슈란이 있는 이상 불리할 게 없었기 때문이다.

그리고 한참의 시간이 흘러, 한 타 싸움이 열렸다.

서로 뒤엉켜 싸우면서도 뮌헨의 탱커들은 슈란의 소멸 광선을 각별히 경계하는 모습이었다.

소멸 광선이 쏘아지면 방패에 오러를 집중해 막을 생각이었다.

그러면 설사 강제로 방패를 뚫어버리고 킬을 추가한다 해도, 슈란 또한 오러 소모가 너무 커진다.

그렇기 때문에 슈란도 소멸 광선을 함부로 쏘지 않고 기회를 엿봤다. 혼란 중에 뮌헨의 포메이션이 깨지면 킬을 쓸어 담을 기회는 찾아오니까.

기회는 금방 찾아왔다.

다니엘 만츠가 만들어줬다.

팟!

다니엘 만츠는 탱커 뒤에 숨은 근접 딜러 하나를 당기기로 끌어냈다.

감짝 놀란 근접 딜러도 안 끌려가려고 저항했지만, 상체가 살짝 탱커의 커버 범위 밖으로 삐져나왔다.

슈란은 이를 놓치지 않았다.

콰콰콰콰콰콰!!

─슈란, 2킬.

수없이 연습한 결과물이 틀림없었다.

서문엽은 감탄했다.

'역시 다니엘 저 녀석 대단하잖아?'

뮌헨은 나름 슈란에 대한 대응을 잘했는데, 다니엘 만츠가 기회를 만들어줌으로써 슈란이 제 역할을 할 수 있게 해줬다.

뮌헨은 주춤했지만 끝까지 포메이션을 흐트러뜨리지 않고 저항했다. 끈질기게 버티면 기회가 역전의 찾아온다는 굳은 믿음. 초능력이 난무하는 한 타 싸움은 역전도 흔했기 때문에 포기하기 일렀다.

하지만 그때, 다시 한번 다니엘 만츠가 움직였다.

다니엘 만츠는 아군 탱커 하나를 데리고 함께 돌격했다.

아군 탱커가 온몸을 날린 몸통 박치기로 적 포메이션의 틈을 만들었다.

그 틈새로 다니엘 만츠가 뛰어들었다. '스프린트'를 사용한 엄청난 스피드였다.

다른 서포터가 감히 엄두도 못 낼 과감함!

적진에 파고들어서 밀치기로 뮌헨 선수들을 탱커 라인 밖으로 내보냈다.

상대 선수들은 밀리지 않으려고 버텼지만, 때로는 끌어당겼다가 밀쳐서 균형을 무너뜨리기도 했다.

곡예처럼 적들 사이를 누비며 포메이션을 무너뜨려 버리는 다니엘 만츠.

밀기.

당기기.

그 두 가지 탁월하게 사용한 멋진 플레이였다.

그렇게 밀쳐진 적은 슈란의 소멸 광선에 먹잇감이 되었다.

슈란은 다니엘 만츠가 만들어준 먹잇감을 잘 주워 먹으라는 당부를 받은 것이 틀림없었다.

그야말로 멋진 콤비 플레이.

'거봐. 역시 내 말이 맞잖아.'

서문엽은 실실 웃었다.

슈란을 한 타 싸움에서 제 역할을 하게 만들어준 이는 다니엘 만츠였다.

직접 파고들어서 적 포메이션을 무너뜨린 것도 다니엘 만츠였다.

필요할 때마다 나서서 팀플레이를 매끄럽게 만들어주는 다니엘 만츠.

"와아아아아!!"

"대단하다! 슈란! 만츠!"

"다니엘! 다니엘! 슈란!"

베를린 블리츠의 서포터들은 환상적인 경기에 열광했다.

하지만 그 이면에는 다니엘 만츠가 많은 부담을 짊어지고 있었다.

2세트도 비슷한 패턴으로 베를린 블리츠가 승리를 거두었다.

슈란 때문에 자신들의 장기인 견제 플레이를 시도하지 못한 뮌헨은 경기 내내 끌려다니다가 한 타 싸움에서 완패당하는 수준을 밟았다.

하지만 엠레 카사 감독의 표정은 좋지 않았다.

그도 다니엘 만츠에게 쏠린 많은 짐을 알아차렸다.

서문엽은 자리에서 일어나 경기장을 떠났다.

'엠레 카사 녀석, 슈란을 그냥 평범한 원거리 딜러로 쓰는구나.'

팀의 중심이 아닌, 팀의 일원 중 하나.

정답이었다.

슈란은 팀의 모든 것을 짊어질 기량은 없지만, 원거리 딜러로서 제 몫을 다할 때는 엄청난 무기가 된다.

다니엘 만츠의 플레이로 눈 호강도 했고, 덤으로 내년에 임대 올 유망주 탱커도 얻었다.

목적을 모두 이루었으니 이제 더는 독일에 볼일이 없었다.

'우리도 슬슬 월드컵을 준비해야지.'

제9장

잔당들의 던전

한국에 돌아와 가브리엘 감독에게 이번 겨울에 입대해 올 선수에 대해 들려주었다.

"파울 콜린스가 정말 온답니까?"

가브리엘 감독은 놀란 얼굴을 했다.

"응, 내년 1년은 쓸 수 있을 것 같아. 그런데 파울 콜린스를 알아?"

"베를린 블리츠가 공들였던 유망주를 설마 모르겠습니까. 타고난 힘이 뛰어나고 육체를 강철처럼 단단하게 만드는 초능력도 탱킹에는 제격이죠."

그 말을 듣고 서문엽은 얼마 전에 만나봤던 파울 콜린스를 떠올렸다.

그 고민 많던 덩치 큰 흑인 청년이 보기와 달리 꽤 주목받던 거물인 모양이었다.

이혼의 여파로 오랫동안 쉬었던 가브리엘 감독도 알 정도이니 말이다.

"요즘 클래식 탱커의 추세가 별로 안 좋으니까 스타일을 바꾸려고 근육을 줄이고 민첩성 훈련에 매진하고 있더라고."

"이런, 갑자기 스타일을 바꾼다고 몸에 맞는다는 보장이 없을 텐데요."

"응, 안 맞더라. 민첩성은 한계가 보이는 체질이었어. 괜히 힘만 줄었지 뭐."

"다시 근력을 끌어 올리는 문제가 시급하겠군요. 미리 준비하겠습니다. 재능은 알아주던 유망주이니 최전방을 맡길 수 있는 탱커가 될 겁니다. 그런데 그렇게 되면 우리 클럽에 탱커가 5명이 되겠군요."

YSM의 탱커는 서문엽, 최혁, 노정환, 김진수까지 총 4인이었다.

서문엽은 탱킹과 근접 공격, 원거리 공격이 두루 가능한 하이브리드 탱커.

통영에서 데려온 신입 탱커 김진수도 근력은 80밖에 안 되지만 민첩성과 지구력이 좋아 부지런히 뛰어다니는 스피드형 탱커였다.

반면 최혁은 한때 근접 딜러였다고는 하지만 그건 한국 리그 수준에서나 통할 뿐, 능력치는 근력 90만이 장점인 전형적인 클래식 탱커였다.

좋은 공격 초능력과 근접 딜러로서의 오랜 경험이 있기 때문에 종종 침투하는 역할도 소화할 수 있었을 뿐, 플레이의 대부분은 최전방에서 막는 역할을 한다.

한정실업 시절부터 쭉 YSM의 주장이었던 노정환도 근력 87과 육체 강화를 가진 클래식 탱커다.

여기서 클래식 탱커를 더 데려오는 셈이니, 시대를 역행한 채 5탱커 중 클래식 탱커만 3명이 된다.

"거기에 대해서도 내가 생각해 본 여러 가지 방안이 있어."

서문엽은 화이트보드에 자신의 생각을 적었다.

〈5탱커를 총동원한 가짜 탱커 전술.〉

이 전술에서 적진에 침투하는 가짜 탱커 역할은 서문엽과 최혁이 맡는다.

서문엽은 대단히 민첩하고 근접 전투에 뛰어나니 당연한 일.

그리고 최혁은 능력치만 봐서는 클래식 탱커이지만, '오러 집중'이라는 초능력이 공격에도 용이하므로 공격적인 역할을 맡아도 나쁘지 않다. 일전에 영국과의 A매치에서도 증명된 사실.

수비를 전담하는 최전방 탱커는 파울 콜린스.

그 뒤로 보조 탱커가 노정환.

남은 김진수는 또 다른 보조 탱커로 여기저기 열심히 다니며 아군 포메이션에서 약한 부분을 땜빵한다.

김진수는 민첩성이 좋은 편이지만 공격에는 재능이 없어서 침투 역할을 하지 못한다. 특기도 방패 컨트롤이고, 가진 초능력도 '희생', '재생'으로 공격과 거리가 멀다.

선수들 이름이 적힌 자석을 배치하며 설명하자, 가브리엘 감독이 고개를 끄덕였다.

"괜찮군요. 파울 콜린스가 충분히 최전방 탱커 역할을 맡을 수 있다면, 최혁을 가짜 탱커로 돌려도 되겠습니다. 다만 5탱커를 하면 근접 딜러나 원거리 딜러의 숫자가 줄어드니 팀의 공격력이 약해진다는 단점도 있습니다."

이에 서문엽은 간단히 답했다.

"내가 있잖아. 피에트로도 있고."

"그건 그렇습니다만……."

"어차피 말이지. 우리 애들은 몇 명 빼고 다 월드 챔스 레벨에서는 허접이야. 허접들이 딜러들 늘려서 공격력 강화한다고 딱히 큰 효과는 못 봐."

"수비와 역습으로 가는 겁니까?"

수비와 역습은 약팀이 강팀 상대할 때 쓰는 전형적인 패턴이었다.

서문엽은 고개를 끄덕였다.

"차라리 탱커가 많으면 수비라도 잘하니 쉽게 안 죽고 오래 버틸 수 있잖아?"

영국과 A매치를 치러보고서 서문엽은 약팀을 데리고 강팀을 어떻게 상대할지 충분히 고민해 보았다.

그 결론이 이거였다.

많은 건 안 바란다. 그저 쉽게 킬 내주지 않고 끝까지 버텨서 살아남기나 해다오!

다행히 피에트로도 있고, 개리 윌리엄스, 파울 콜린스도 곧 합류하니 서문엽 혼자 날뛰어야 했던 한국 대표 팀보다는 나을 터였다.

"자, 그리고 또 하나는 이거다."

서문엽은 화이트보드에 또 다른 전술명을 썼다.

〈클래식 3탱커 전술.〉

이건 파울 콜린스, 최혁, 노정환을 탱커로 세우는 전술이다.

그리고 서문엽은 아예 딜러가 되어 프리 롤을 맡는다.

"3탱커 체제에서 탱커가 모두 클래식 탱커인 건 좋지 않습니다. 발이 느려서 딜러진과 같은 템포로 따라와 줄 탱커가 없으니 공격과 수비가 따로 놀게 되죠. 차라리 노정환을 빼고 김진수를 넣는 게 좋겠습니다."

"아냐, 파울 콜린스와 최혁 둘만 갖고는 월드 챔스에서 못 버텨. 노정환도 같이 있어줘야 해. 공수 조절은 내가 맡을 테니 괜찮을 거야."

"그러면 구단주님께 가해지는 부담이 크겠군요."

"괜찮아, 괜찮아."

언제는 큰 부담 안 짊어진 적이 있었던가?

하드캐리가 일생이었던지라 서문엽은 딱히 부담을 못 느꼈다.

서문엽이 구상한 전술은 이렇게 두 가지였다.

가브리엘 감독은 심사숙고하다가 그 두 전술이 YSM의 현재 실정에서는 가장 적합하다고 인정했다.

"구단주님의 생각이 매우 탁월하십니다. 그것을 기초로 제가 좀 더 디테일하게 짜보겠습니다."

"그러도록 해."

서문엽은 탱커들만 생각했기 때문에, 다른 포지션은 가브리엘 감독에게 맡겼다.

어차피 같은 전술이라도 던전의 지형에 따라 변화가 불가피했다.

서문엽이 구상했어도 이를 실현하는 가브리엘 감독의 역량이 더 중요했다.

아무튼 후반기 시즌이 끝나고 겨울 이적 시장 때 약속했던 두 선수가 합류한다면, YSM은 다음과 같은 선수 구성이 된다.

탱커: 서문엽, 최혁, 노정환, 김진수, 파울 콜린스.

근접 딜러: 사니야 아흐메토바, 남궁지훈, 박영민, 최정민.

원거리 딜러: 개리 윌리엄스, 이나연, 심영수, 피에트로 아넬라.

서포터: 조승호.

모두 서문엽이 영입하거나 키운 선수들로만 구성되어 있었다.

그 외에 전력상 보탬이 안 되는 선수들은 진즉에 모두 정리한 뒤였다.

'이제야 조금 팀다운 팀이 됐구나.'

서문엽은 뿌듯해졌다.

KB—2 리그의 최약체를 사들여서 여기까지 키웠으니 성취감이 쏠쏠했다.

언젠가는 진짜 세계적인 명문 클럽으로 만들고 싶었다. 자신과 피에트로가 없어도 세계 무대에서 경쟁력이 있는, 그런 강력한 팀 말이다.

일류 선수들이 오고 싶어 하는 클럽이 되어야 하는데, 그러려면 KB—1의 리그 수준도 높아야 한다.

현재로서는 서문엽이 자신의 명성과 안목을 이용하여 선수들을 설득해 데려오는 방식이었지만, 언제까지고 자신이 계속 발로 뛰며 선수들을 만나 우리 팀에 오라고 졸라댈 수는 없는 노릇이었다.

그런 서문엽의 생각을 읽었을까?

전술 토론이 끝나고서 가브리엘 감독이 문득 말했다.

"구단주님 덕분에 지름길로 빨리 오게 된 것 같습니다. 일반적으로는 빅 리그에서 잔뼈가 굵은 개리 윌리엄스나 한때 세계적인 유망주였던 파울 콜린스가 한국에 올 리가 없었겠죠."

"계속 우리 팀에 머무를 선수들은 아니잖아."

서문엽은 툴툴거렸다.

"파울 콜린스야 애초부터 임대고, 개리 윌리엄스는 내년 월드 챔스만 경험한 뒤에 딴 데로 이적하려 할걸? 그뿐이야? 사니야도 다 크면 빅 리그로 진출하겠지."

서문엽은 한숨을 쉬었다.

"그럼 난 또 그다음 월드 챔스에서 써먹을 만한 선수를 찾아다녀야겠지. 어이구, 내 팔자야."

"하지만 내년 월드 챔스에서 4강 이상의 성적을 거둔다면 어떻겠습니까?"

"응?"

"그리고 고생하시더라도 어떻게든 또 좋은 선수들을 영입한 다음에 그다음 월드 챔스에서도 4강 이상 올라간다면 어떨까요?"

"음……."

"월드 챔스 진출 자체는 어렵지 않습니다. 아시아 챔스나 아프리카 챔스에서 운 좋게 올라오는 약체 팀은 언제나 있다고 인식되어지니까요."

"그야 그렇지만."

물론 아시아 챔스에도 돈 많고 선수 수준도 높은 중국의 대형 클럽들이 있지만, 서구권의 빅 리그 측은 편견이 여전했다.

"하지만 거기서 한 번 이겨서 8강, 또 한 번 이겨서 4강에 오른다면 얘기가 다릅니다. 운 좋아서 월드 챔스의 강팀들을 연파할 수는 없으니까요."

"2년 연속으로 그런 성적을 보여주면 세계적인 강팀으로 인정받겠지."

"예. 월드 챔스 티켓은 보장된 클럽이 되어서 선수들에게 나름대로 매력이 있게 됩니다. 하지만……."

가브리엘 감독이 말을 이었다.

"장기적으로는 우리도 직접 유망주를 키워야 합니다. 어릴 적부터 우리 클럽만 보고 자라서 충성심을 지닌 선수들이 나타나게 해야 합니다."

"유소년 팀이 필요하긴 하지."

그렇지 않아도 서문엽도 베를린 블리츠의 유소년 팀을 구경했다. 호화로운 시설이나 유망주들이나 무척 부러웠다.

"돈 생기면 한번 해보자. 시설도 시설이지만 좋은 지도자를 고용하는 것도 돈이잖아."

그렇게 이야기가 끝나니 어느덧 밤이 깊었다.

서문엽도 슬슬 바이크를 타고 퇴근하려 했다.

그런데 그때였다.

파앗!

대뜸 피에트로가 공간 이동으로 눈앞에 나타났다.

"인마, 여기서 함부로 공간 이동을 쓰지 마!"

"보는 눈 없는 것을 확인했다."

덤덤히 대꾸하는 피에트로였다.

"근데 갑자기 무슨 일이야?"

"여왕으로부터 연락을 받았다."

"뭐?"

서문엽은 흠칫했다.

여왕이 먼저 연락을 해왔다면 사소한 일은 아닐 터.

아마도.

"뭔가 발견했냐?"

피에트로는 고개를 끄덕였다.

"네가 알려준 던전에 있던 이동 흔적을 추적했더니 뭔가가 있는 모양이다."

"첫 번째 상급 사제인가 하는 미친놈 은신처인가?"

"그건 모른다. 이동 흔적에 기록된 위치로 탐색을 갔던 이가 연락 두절되었다고 하니까."

여왕은 그녀를 도와 지저 세계를 수색하는 지저인들에게 정기적으로 연락을 하도록 조치하고 있었다.

연락이 두절되었다면 무슨 사고가 발생했다는 뜻이었다.

아마도 위험한 곳에 갔다가 살해되었을 가능성이 높았다.

"뭔가가 있긴 있나 보네."

"그렇다. 그래서 우리더러 도와달라더군. 여왕의 수하들은 수색은 할 수 있지만 전투 능력은 형편없으니까."

여왕의 수하들은 대부분 문명이 몰락하고 떠돌다가 거두어져서 지상에 마련된 보금자리에 정착한 지저인들이었다.

그들은 빛이 내리는 땅에 인도해 준 여왕의 은혜에 감읍하여서 충성을 다하지만, 애석하게도 전문 전투원은 거의 없었다.

고위 등급의 강력한 지저인들은 대부분 대사제의 추종자들이었다. 지금은 죽거나 첫 번째 상급 사제를 따르고 있을 터였다.

서문엽은 고개를 끄덕였다.

"그래, 마침 신나게 싸우고 싶었는데 잘됐다. 우리 둘이 가보지 뭐."

"알겠다. 언제 갈 텐가?"

"내일. 이번에는 단단히 무장하고 갈 거니까 너도 배틀슈트라도 입어."

"내게 그런 건 의미가 없다만, 조금이라도 도움이 될 수 있으니 따르지."

다음 날.

서문엽은 배틀슈트와 갑옷을 챙겨 입었고, 8자루의 창도 챙겼다.

귀환석도 챙겼으며, 혹시 몰라 전투 식량과 물도 준비했다.

반면 피에트로는 배틀슈트 위에 롱 코트만 걸친 가벼운 차림이었다.

"일단 이동 흔적이 있는 그 던전으로 가지."

피에트로는 그 던전의 위치를 모르기 때문에 공간 이동을
쓸 수 없었다. 그래서 하는 수 없이 이동 수단을 타고 강원도
까지 가기로 했다.

"흐흐, 오랜만에 신나는 던전 공략이다."

서문엽은 싱글벙글했다.

배틀필드와는 달랐다.

역시 목숨이 걸려야 짜릿했다.

*   *   *

서문엽이 개인적인 비밀 장소로 삼았던 던전에 도착했다.

이곳에서 서문엽이 해치웠던 지저인이 자폭을 한 폭발 흔
적이 그대로 남아 있었다.

피에트로는 던전을 슥 훑어보다가 말했다.

"던전을 지탱해 줄 코어의 마력석 수명이 거의 다 됐군."

"그래?"

"약 41년 남았다. 수탐이라는 지저인이 자폭할 때 충격을
입어서 대지로부터 오러를 자동 공급 받는 코어의 기능이 망
가진 모양이군."

"뭐, 이제 다시는 안 오니까 상관없어."

오랫동안 애용했던 개인적인 힐링 장소였지만 미련은 없었다. 더 이상 혼자만 아는 곳이 아니게 되었으니까.

두 사람은 수탐이 이동 흔적을 남긴 곳에 도착했다.

물론 서문엽의 눈에는 아무것도 없는 허공일 뿐.

그러나 피에트로는 허공을 빤히 들여다보며 관찰하고 있었다.

불과 몇 초쯤 지났을까.

"알았다."

피에트로가 분석을 완료했다.

"원래 그렇게 빨라?"

서문엽이 놀라 물었다.

"내겐 쉬운 일이다."

피에트로는 덤덤히 대꾸했다. 지저 문명 당대 최고 천재의 위엄을 보여주는 전직 대사제 피에트로.

서문엽은 아니꼬워서 입이 근질거렸지만 자제했다.

"이동해야겠군. 귀환석을 꺼내라."

"귀환석 없이는 안 돼?"

"같이 이동은 안 된다. 널 먼저 보내고 그다음 내가 가는 건 가능하지만, 무슨 일이 생길지 모르니까."

공간 이동을 함께하려면 귀환석 같은 보조 장치가 필요하다는 뜻이었다.

"주의해. 이거 사용 횟수 얼마 안 남았을걸."

서문엽은 귀환석을 건네주며 충고했다. 그랬더니.

"별문제는 아니다."

한 손에 귀환석을 든 피에트로는 다른 손으로 자그마한 마법진을 만들었다.

파앗!

마법진에서 새어 나오는 오러가 귀환석을 헤집어놓기 시작했다. 이윽고 작업을 끝낸 피에트로가 말했다.

"20회로 늘렸다."

"헉!"

깜짝 놀란 서문엽.

피에트로는 대수롭지 않은 표정이었다.

"인간으로 치면 주먹 도끼 수준의 물건이다. 어려울 리가 없지."

귀환석은 지저 전쟁 당시 오러를 다룰 수 있는 기술이 거의 전무했던 인간이 제작에 성공한 거의 유일한 아이템이었다.

지금은 오러에 반응하여 간단한 동작을 하는 물건을 만들 정도가 되었지만, 지저 문명의 시각에서 보기에는 원시적인 수준으로 보이는 게 당연했다.

아무튼 피에트로의 재주를 본 서문엽은 혹시나 싶어서 물었다.

"혹시 너 말이야. 코어도 만들 줄 알아?"

"마력석만 있으면 된다. 어떤 용도의 코어냐가 관건이지만,

지금까지 못 만드는 코어는 없었다."

천성적으로 묻어나오는 거만함. 그러나 전부 사실이므로 더 재수 없는 피에트로였다.

"그럼 오토바이에 들어가는 코어 만들 수 있어?"

"그 조잡한 구조를 가진 탈것 말이냐. 가능하다. 그 저능한 소음도 안 내고 속력도 몇 배는 높일 수 있지."

"헉! 만들어줘! 마력석 구해줄게."

"내가 왜 그래야 하는지 모르겠군."

피에트로는 냉정했다.

서문엽은 이를 갈았지만 피에트로에게 갑질을 할 수단이 없었으므로 후일을 기약했다.

아무튼 귀환석을 촉매 삼아 공간 이동을 했다.

파아앗!

두 사람은 이윽고 생소한 지저의 공간에 도착했다.

그것은 무척 작은 동굴이었다.

폭이 1m밖에 되지 않아 둘이 나란히 이동할 수도 없었고, 길은 구불거려서 코너 너머에 무엇이 나올지 알 수 없었다.

"뭐 이런 데가 다 있어?"

서문엽은 배낭에서 손전등을 꺼내 앞을 비추며 투덜거렸다.

"중간 지점이다."

피에트로가 말했다.

"중간 지점? 휴게소 같은 거야?"

"비슷하다."

"공간 이동도 먼 곳으로 갈 땐 그런 게 필요한 건가?"

"아니."

피에트로는 고개를 저었다.

"이동 흔적을 남기지 않으려고 이곳을 거쳐가지. 이곳의 코어가 추적을 방해하는 오러 역장을 일으키고 있다."

"그럼 추적 못 하는 거야?"

"완전히 이동 흔적을 지우지는 못해. 추적이나 탐사를 방해할 뿐이지."

피에트로가 앞장서서 동굴을 걸었다.

걸으면서 피에트로가 계속 말했다.

"추적을 피하는 가장 좋은 방법은, 이곳에 함정을 설치해 외부인을 죽이는 것이지."

그 말에 서문엽은 방패와 창을 꺼냈다.

"그럼 이제 어떻게 해야 해?"

서문엽의 질문에 피에트로가 말했다.

"함정을 찾아 제거하고 코어를 찾아서 오러 역장을 일으키지 않도록 개조한다. 그 뒤에 이동 흔적을 쫓으면 된다."

"오케이. 함정 타입은?"

"주로 괴물을 숨겨놓는다. 또는 여러 갈래의 길을 만들고 잘못된 길에 진입하면 일정 공간을 통째로 붕괴시키는 함정도 있지."

"후자가 더 골치 아픈데."

"문제없다. 내가 미리 감지할 수 있다."

얼마나 걸었을까.

길에 시체 한 구가 발견되었다.

지저인이었다.

피에트로는 그 지저인을 알아보았다.

"여왕의 수하다. 여기서 죽은 것이군."

"그럼 이곳에 함정이 있다는 뜻이겠지?"

"그렇다."

서문엽은 방패와 창을 꼬나 쥐었다.

바로 그때였다.

촤르르르륵!

촤르르륵!

동굴의 높은 천장에서 쇠사슬에 매달린 스켈레톤들이 줄줄이 내려왔다.

서문엽은 빠르게 훑어보며 숫자를 헤아렸다.

총 21마리.

흑색 갑옷으로 중무장을 했는데, 특이하게도 왜 저마다 쇠사슬에 달려 있는 건지 알 수 없었다.

그 해답은 피에트로가 알려주었다.

"쇠사슬을 통해 오러와 함께 명령이 주입되고 있다. 두개골을 부순다고 파괴되지 않아."

"쇠사슬을 끊으면 된다는 거지?"

"그렇다. 쇠사슬도 보호 처리가 되어 있군."

"오케이."

서문엽이 앞장서서 스켈레톤들과 싸우기 시작했다.

쇠사슬을 끊으면 죽는 스켈레톤.

그러나 쇠사슬이 보호 처리가 되어 있어 쉽게 못 끊는다.

"그냥 때려 부수면 되잖아!"

뻐어억! 콰직!

서문엽은 창으로 스켈레톤의 오른팔을 부수고, 연이어 방패로 왼쪽 어깨도 박살 냈다.

양쪽에서 스켈레톤들이 창을 찔러왔지만.

휘릭!

180도 턴을 하며 두 자루의 창을 모두 피했다.

그러고는 오른쪽에 있는 스켈레톤에게 달려들어서 창으로 척추를 찔러 부웠다. 갑옷에 보호되지 않은 작은 틈새를 정확히 찌른 일격이었다.

쇠사슬과 연결된 척추 부위가 박살 나며 스켈레톤이 픽 쓰러졌다.

"좋아, 감 잡았어."

그러더니 정말로 스켈레톤을 부수는 속도가 점점 빨라졌다.

스켈레톤들의 공격이 서문엽에게 하나도 먹혀들지 않았다.

감 잡았다고 했던 건, 스켈레톤들이 구사하는 창술이었다.

서문엽이 오래전에 경험했던 몇 가지 창술 중 하나가 스켈레톤들에게 입력되어 있는 걸 확인한 것.

무슨 창술을 쓰는지 알고 있으니 상대하는 것은 식은 죽 먹기였다.

"야, 궁금한 게 있는데!"

스켈레톤들을 부수며 소리쳤다.

"옛날에는 만인룡 황제 같은 작자도 있었는데, 지금 너희는 왜 이렇게 무기를 안 쓰냐?"

"오러에 대한 의존도가 심해진 탓이다."

그것이 약점이 되어서 인간에게 패배했다. 설마 인간이 오러를 다루게 되리라고는 상상도 못 했던 결과였다.

몇 분 후.

서문엽은 무기 영체화도 쓰지 않고 스켈레톤 21마리를 모조리 해치워 버렸다. 몸에 생채기 하나 안 난 깔끔한 전투였다.

"함정은 이거 같고, 코어는 어디 있지?"

"천장에 있군."

피에트로가 높은 천장을 향해 손을 뻗었다.

콰드득!!

천장에 심어져 있던 둥그런 모양의 코어가 튀어나와 피에트로의 손까지 살포시 내려왔다.

피에트로는 귀환석을 개조했을 때처럼 작은 마법진을 생성하더니, 코어를 조작하기 시작했다.

이번에는 조금 오래 걸렸다.

"됐다."

피에트로는 오러 역장을 일으키지 않도록 개조한 코어를 다시 원위치로 올려 보냈다.

"이동 흔적은?"

"여기 몇 개 있다."

서문엽이 무기를 손질하는 동안 피에트로는 이동 흔적을 분석했다.

"됐다."

피에트로는 이번에도 금방 분석을 끝내 버렸다.

"근데 왜 이렇게 쉬운 거야?"

"방해하는 세력이 있을 거라고 생각 못 했기 때문이겠지. 일반적으로 인간은 지저에 들어오지도 못하고, 여왕은 떠도는 주민을 찾아 구조할 뿐이었으니까."

"아, 그러네."

결국은 설마 전직 대사제가 인간의 편을 들어서 자신들을 추적할 줄을 예상도 못 했던 것이었다.

모종의 음모를 꾸미고 있는 첫 번째 상급 사제로서는 몹시 억울한 일일 터였다.

흔적을 쫓아 공간 이동을 하기 전에, 서문엽이 물었다.

"첫 번째 말고도 상급 사제가 하나 더 있겠지?"

"그럴 거다."

최후의 던전이 무너지면서 살아남은 상급 사제는 3명일 거라고 피에트로가 예측한 바 있었다.

그리고 그중 하나는 일전에 죽였다.

남은 건 둘.

"다른 사제들도 있을 거고, 아마 괴물들도 많겠지?"

"그럴 거다."

"그럼 단단히 각오해야겠네."

지금은 몸 풀기로 간단히 싸웠지만, 목적지에 진입하고 나서는 곧바로 무기 영체화를 해야 할지도 몰랐다.

사실 상급 사제도 대단한 존재였다.

지저인의 등급 중 검은색에 해당하는 상위의 존재.

지저 전쟁 때도 7영웅이 함께 대항해야 했던 강적이었다.

물론 지금은 서문엽이 운 좋게 영체의 경지에 이르게 되면서 전혀 다른 차원의 힘을 손에 넣었기 때문에 별것 아니라고 여길 수도 있었지만.

일전의 세 번째 상급 사제도 피에트로가 간단히 처치하지 않았던가.

하지만 제대로 싸우게 된다면 무슨 일이 일어날지 알 수 없었다.

무기 영체화는 그냥 영체화와 달리 43분까지 유지할 수 있다.

하지만 싸움이 43분 내로 끝나지 않는다면 승부는 알 수 없게 된다.

"일찍 결판을 지어야 해."

"안다."

"괴물류는 내가, 사제들은 네가 상대하는 게 좋겠지?"

"그렇다."

오러에 의존하는 사제들의 천적은 피에트로였다.

전지전능해 보일 정도로 오러 다루는 기술이 정점에 이른 피에트로라면 사제들을 쉽게 상대할 수 있을 터였다.

반면 서문엽은 괴물을 사냥하는 데 도사였다.

그렇게 약속을 한 뒤에 두 사람은 공간 이동을 했다.

파앗!

*　　　　*　　　　*

파앗!

두 사람이 그곳 한복판에 도착했다.

서문엽은 빠르게 주변을 둘러보며 지형 파악부터 했다.

어두운 신전이었다.

중앙에 제단이 있었고, 제단을 중심으로 여러 개의 의자가 놓여 있었다.

그리고 신전 전체를 감싼 외벽에는 아마도 주거 공간으로 보이는 수없이 많은 동굴이 파여 있었다.

오러로 이루어진 불덩어리가 음산한 푸른빛을 내며 여기저기에 떠다녔다.

무엇보다도 신전 정중앙의 제단 앞에, 어마어마한 괴물이
서 있었다.

"뭐야, 저 괴물은? 한 번도 못 본 종인데?"

누구보다도 많은 던전을 공략한 서문엽이 보지 못한 괴물
같은 건 있을 수 없었다.

피에트로가 말했다.

"나도 모른다. 저건 내가 통치하던 때에 만든 괴물이 아니야."

20m는 족히 될 법한 거대한 덩치를 가진 괴물.

그것은 서양의 용을 연상케 했다.

언뜻 보면 철갑 같은 단단한 껍질을 두른 거대한 뱀, 세르
펜이지만 머리가 무려 8개나 나 있었다.

또한 몸통에 다리가 10개나 달려 있어서 지네를 연상케 했다.

몸통은 일반 세르펜보다도 5배는 더 크고 두꺼웠다.

압권은 등에 달린 날개.

박쥐의 날개처럼 생겼는데, 무척 거대했다.

저 엄청난 몸뚱이로 설마 날 수 있을까 의심됐지만, 저런 괴
물이 날면 몇 배는 더 위험할 게 자명했다.

서문엽의 표정이 딱딱하게 굳었다.

"저거 설마 예언에 나온 그 괴물은 아니겠지?"

"아니다."

피에트로가 단언했다.

"생명 반응이 없다. 아직 미완성된 괴물이야. 기본 베이스가 세르펜인 걸 보면 첫 번째가 새로 만드는 괴물 같군."

"아, 그러네."

그러고 보니 분석안이 통하지 않았다. 살아 있지 않다는 뜻이었다.

서문엽이 안도한 가운데, 피에트로가 계속 말했다.

"그런데 이상하군. 저 정도의 괴물을 만들려면 거의 모든 역량을 오랫동안 쏟아부어야 하는데, 따로 목적이 있던 놈이 왜 저 괴물 제작에 매달리지?"

"이상한 건 하나 더 있잖아."

서문엽은 신전을 가리켰다.

"마치 이 신전이 저 괴물을 섬기는 것 같은 구조잖아."

그랬다.

제단 앞에 떡하니 서 있는 미완성된 괴물은 어떤 종교의 우상 같은 모습이었다.

『초인의 게임』 6권에 계속…